静岡の怖い話

寺井広樹・とよしま亜紀

はじめに

静岡といえば、今でも忘れられない思い出がある。

あれは八年前、静岡市内の温泉に入った帰り、「おでんフェア」に立ち寄った時のことだった。

会場内に並んだ屋台の一つで、熱々の静岡おでんを味わっていたところ、行き交う人々の中に、交通事故で亡くなった女友達の姿を見つけたのだ。

私は愕然《がくぜん》として、黒はんぺんを落としてしまった。そして、視線を足元に移した一瞬の隙に、彼女は私の目の前から消えてしまった。

その後、必死になって会場中を探し回ったが、彼女を見つけることはできなかった。

彼女は静岡出身で、東京の居酒屋で仲良くなった。当時、関西から上京したばかりの私は彼女のことを姉のように慕《した》っていた。

真っ黒なだし汁に、だし粉と青のりをかけて食べる静岡おでんの美味しさを教えてくれたのも彼女だった。
いつか静岡で一緒におでんを食べようと話していたのに……。その願いは叶わなかった。

私には霊感はない。あれは人違いだったのだろうか。
いや、違う。あの時見た彼女の耳には、私がプレゼントしたハート型のピアスが揺れていた。

「彼女にもう一度会いたい、一緒にこのおでんを頬張《ほおば》ったら、もっと美味しかっただろうに……」と願う私の強い気持ちが、彼女を呼び寄せたのだろうか。彼女は私に何か言いたいことがあったのだろうか。

今でも彼女が私の前に現れた理由を考え続けている。

静岡人の県民性は、「静」の文字が意味するところに似て、おだやかでのんびりしている。また、気候が温暖で温泉施設が多く、霊峰・富士の姿を拝めることなどから、住みたい県の上位にランクインすることが多い。

そんな静岡は、一見恐怖とは無縁の土地のように思える。しかし、光が強ければ強いほど、影は濃くなるもの。それは静岡も例外ではない。

今回、本書を刊行するにあたって、大勢の方にご協力いただいた。
彼らの中には霊的な力など全くないにも関わらず、人知では計り知れない奇妙な体験をしたという人もいた。

人は説明がつかない出来事に遭遇すると、本能的に恐怖心を抱く。そして、なんとか因《いん》果応報《がおうほう》めいた理由を付けて安心しようとする。

しかし、その理由は人によって異なる。

結果、解釈の仕方次第で人生を好転できる人もいれば、残念ながら暗転してしまう人もいる。

それでは、これから静岡の地で起こった怪異を紹介していこう。あなたはそこにどんな意味を見出すだろうか。

とよしま亜紀

静岡の怖い話　目次

一　家族団らん

静岡市

先日、仕事で久しぶりにカメラマンの聡さんと顔を合わせた。最近、静岡市に住むお母さんを東京の自宅に引き取ったという。

聡さんは一人息子だが、たしかお母さんと同居の予定はないと言っていたはず。なぜ引き取って介護することになったのか、私は興味が湧いた。

聡さんより一回り若い私は、まだ親の介護を実感として捉えていない。しかし、いずれは私も地方に住む母を介護する日がくるかもしれない。聡さんの現状は今後の参考になるのではと思い、ぜひ話を聞かせてほしいと頼んだのだ。

聡さんは新婚当初、静岡市の実家に奥さんを連れてよく帰省していた。

お母さんも、聡さんの奥さんも最初は仲良くやっていたが、些細《ささい》なことがきっかけで折り合いが悪くなってしまったそうだ。

生まれも育ちも静岡のお母さんと東京育ちの奥さん。お母さんの作る静岡ならではの酢飯の甘い味付けを、砂糖の分量を間違えたと思った奥さんが作り直してしまったことから、食い違いが生じた。

以来、互いのちょっとした違いが気になって、とうとう一緒にいるのは無理だと対立するまでになってしまったそうだ。

しかし、そんなことを忘れさせるような事件が起きたと聡さんはいう。

聡さんのお父さんは数年前に亡くなり、静岡の実家では、お母さんが一人で暮らしていた。

八十歳を超えてもまだまだ元気で、近所には叔母さんも住んでいる。聡さんはお母さんの一人暮らしに、そう不安を感じてはいなかったそうだ。

ところが、お母さんの物忘れが徐々にひどくなってきた。食事したことを忘れたり、日付や曜日が分からなくなったりと、単なる加齢によるものとは思えない症状が現れ始めたのだ。

初めは叔母さんが認知症の通院に付き添ってくれていた。しかし、叔母さんも高齢であるため、そう頼ってばかりもいられない。何とかしなくてはと考えていた矢先だった。叔母さんから
「お姉ちゃんが一晩中帰らず、今も姿が見えないのよ」

との連絡が入ったのだ。

聡さんは慌てて静岡市の実家へ戻った。

自動車の運転は行えず、自転車にも乗らないお母さんは、徒歩で移動できる範囲にいるはず。そう思って、近所中を探し回った。

自治会の人達も手伝ってくれたが、見つからなかった。川に落ちたのかもしれないと最悪の事態を考え始めた時に、一つだけお母さんが好きだった場所を思い出した。

家の中で料理や手芸をするのが常だったお母さんだったが、ちょうど桜が散り始める時期だけは、近くの山へ山菜取りに出かけることがあったのだ。場所は自宅前の道をひたすら登った先にある山道だ。

聡さんは山道を歩きながら、きっとこの先にお母さんがいるに違いないと感じたそうだ。

しかし、お母さんが一人で歩いて行くには少し遠すぎるのではないかと感じる距離まで移動しても、姿は見当たらなかった。

辺りはうっそうとした森が迫り、住宅はまばらになってきた。

うっかり獣道に入り込んで、迷ってしまっているのだろうかと思い始めた頃、道沿いにある錆《さ》びた鉄柵のようなものの前に座り込んでいるお母さんを見つけた。

「母さん！　何してるんだ、こんなところで！」

そう呼びかけて、お母さんを抱きしめる聡さん。しかし、お母さんは何も答えず、にこにこと笑いながら、鉄柵の向こうにある雑木林を見つめていた。

聡さんは、お母さんが無事に見つかった喜びもつかの間、その様子に戸惑った。

「こんなところで、母さんは何を見て喜んでいるんだ？」

そして、お母さんが熱心に見つめるその視線の先を追った。すると、雑木林の中に、いくつもの巨大な青白い塊が浮かんでいたのだ。

驚愕《きょうがく》した聡さんは、その場からお母さんを引きはがすように抱きかかえ、山道を下りていった。恐怖で足がもつれ、また、青白い塊がつけてくるのではないかとの不安から、何度も後ろを振り返ったため、なかなか前には進めなかった。

やっとの思いで実家まで帰り着くと、事情を知った聡さんの奥さんが東京から駆けつけていた。

そして、家に帰った途端に眠り込んだお母さんを、奥さんが優しく面倒を見てくれたそうだ。

聡さんはお母さんが見つかったこと、奥さんがこれまでの確執を捨て去って、お母さんを労《いた》わってくれたことでようやく落ち着き、一連の出来事を振り返ってみた。

あの鉄柵は門扉のようだった。雑木林の中に朽ち果てた建物らしきものも残っていた。

聡さんは昔、あの辺りに家族が一家心中した豪邸があると聞いたことがあった。しかし、山菜取りやハイキングに興味のなかった聡さんは山道を登ったことがなく、今までその豪邸を見たことがなかったのだ。

もしかしたら、あの廃墟が噂にあった●邸だったのではないか。そう聡さんは推理した。

と言うことは、聡さんが見た青白い塊は、心中した家族の霊ということになる。

奥さんにその話をすると、「お母さんは笑っていたんでしょう？　そんな恐ろしいところで、どうしてかしら？」と不思議がった。

「たしか、母さんは『聡、跳べた！』って繰り返し呟《つぶや》いていたんだ」

そう口に出して、聡さんはハッと気づいた。お母さんが発した言葉の意味を。
聡さんは運動が苦手で、小学生の時はクラス全員が縄跳びの二重跳びができるようになったのに、聡さんだけが一人跳べずにいた。しかし、負けず嫌いの聡さんは絶対に跳べるようになると誓ったそうだ。

それから、毎日、二重跳びの練習が始まった。両親は毎晩、聡さんの練習に付き添ってくれた。

練習を開始して二ヵ月後、聡さんがようやく跳べるようになると、お母さんは「聡、跳べた！　跳べた！」と聡さん以上に大喜びしてくれたそうだ。

もしかしたら一家心中した霊達が、お母さんに聡さん一家三人が楽しく暮らしていた頃の幻を見せてくれていたのかもしれないと、聡さんは語る。

一家心中の後、無人となった[redacted]邸は何度も取り壊されそうになったが、そのたびに解体車が故障したり、作業員が急病で倒れたりして、いまだ存在している。そのため、巷《ちまた》では豪邸を解体するのを、霊達が邪魔しているのではないかと囁《ささや》かれている。

霊達にも、生きている頃は楽しい家族の思い出がたくさんあったはずだ。心中した家族が霊になった今でも邸宅から離れられずにいるのは、彼らもまた幸せだった頃の家族の思い出を大切に守っているからかもしれない。

そして、そんな霊達に惹《ひ》かれるなんて、お母さんはどれほどの孤独を抱えていたのか……。

そう考えると、私には聡さんがお母さんを引き取ったという気持ちがよく分かるのだ。

東京で暮らし始めたお母さんは、奥さんが付き添って認知症の専門医に通院することで、症状はずいぶん良くなったという。

そしてまた、しっかり者の女同士がちょこちょことぶつかり合いながらも、賑《にぎ》やかに団らんを楽しんでいるそうだ。

別れ際に聡さんはこう私に言ってくれた。

「うちのちらし寿司はけっこう甘くなったよ。今度食べにいらっしゃい」

二

未練気《みれんげ》

沼津市　首塚の碑

「今じゃ、沼津の田舎のしがない中小企業の営業マンですけど、昔は東京で不動産会社を経営していたんですよ。結構羽振りがよい生活をしていてね。けど、バブル崩壊と共に会社も倒産。ここには知人を頼ってやってきたんですよ」

そう、人の良さそうな笑顔で語る昌雄さん。失礼だが、現在の昌雄さんの風貌《ふうぼう》は、生き馬の目を抜く不動産業で生きていたようには見えない。

「沼津に来たばかりの頃は、東京での華やかな生活を思い出しては『失敗した経験と勘を生かして、もう一度東京で戦いたい』と思っていたんですがね」

しかし、そんな昌雄さんの未練を断ち切る事件が起きた。この日の出来事は二十数年経った今でも、昨日のことのように思い出せるという。

その日、いつものように昌雄さんは駿河湾沿いの道路を運転していた。ただ空には黒い雲が浮かんでいて、辺りは昼間とは思えない薄暗さだったという。

左手に千本松原が見え始めた頃、会社からのポケットベルが鳴った。当時は、営業マンの連絡ツールと言えば、携帯電話ではなくポケットベルが主流だった。昌雄さんは急いで公衆電話を探して、自動車を停めた。

その時、雷鳴が頭上で響いた。

昌雄さんは一瞬、自動車のドアを開けるのをためらった。しかし、雨が本格的に降る前に電話を済ませてしまおうと、電話ボックスの中に飛び込んだ。

テレホンカードを差し込んで会社に電話をかけたが、なぜかつながらなかった。故障かと思い、電話ボックスから出ようとした、ちょうどその時、昌雄さんの後ろに何かがドサッと落ちる気配がした。

いったい、何が落ちてきたのか、昌雄さんは後ろを振り返った。すると、次から次へと大きな塊がドサッ、ドサッと降ってきた。

見る見るうちに、その塊は電話ボックスのアクリル壁沿いに積み重なっていったという。塊の正体は……、なんと人の頭だった。しかも、一つの頭は何かで撃ち抜かれたような傷があった。また別の頭は頭蓋骨が割れて脳みそが飛び出していた。

昌雄さんは恐怖に駆られ、必死にドアをこじ開けようとした。しかし、ドアはピクリとも動かなかった。パニックになった昌雄さんは、拳でドアを叩き壊そうとした。

すると、突然ドアがスッと開いた。そして、スーパーの袋を提《さ》げた主婦がまるで血だらけの頭の塊など全く見えないかのように「急ぐんですけど、代わってもらえません?」と話しかけてきたという。

ドアが開いた瞬間、昌雄さんは無我夢中で逃げた。数十メートルぐらい走ったところで、道端の側溝《そっこう》に跪《ひざまず》いて、激しく吐いてしまった。

昌雄さんは胃の中の物を全て吐き出した後、おそるおそる視線を電話ボックスに向けた。

しかし、電話ボックスの中にいるのは主婦だけだった。

突然の雨も止み、辺りはすっかり明るくなっていた。

あれは自分の幻覚だったに違いない。おそらく慣れない仕事に疲れているのだろう。昌雄さんは、そう自分に言い聞かせて、不安な気持ちを落ち着かせた。

昌雄さんは自動車の運転席に座り、エンジンをかけた。しかし、やはり電話ボックスが気になった。

昌雄さんは、今度はバックミラー越しにそっと電話ボックスの中を覗いた。すると、透明のアクリルの壁に血だらけの頭の塊がへばりついているのが見えた。しかも、昌雄さんの方をにらんでいるようだった。

しかし、不思議なことに、ほんのわずかな隙間から見える頭の塊の向こう側では、何事もないかのように主婦が受話器を持って話し込んでいたのだ。

昌雄さんは、またぐっと胃のあたりを締め付けられる感覚に襲われ、自動車のアクセルを強く踏み込み、その場から立ち去った。

後日、昌雄さんは、あの辺りに室町時代中期から戦国時代にかけて行われた合戦で、戦死した武士の首を弔《とむら》った「首塚の碑」があることを知ったという。

「もしかしたら、あれの正体は合戦の後、討ち取った敵の首の身元を判定するための首実検の後に葬られた武士達の霊だったんでしょうか」

この事件以来、昌雄さんは東京への未練を断ち切り、沼津で精一杯頑張ってきたという。
「何百年も経ったいまでも、敗れた地に執着する霊達の姿が自分自身に重なったんです。夢敗れた東京の地に執着している未練がましさも、あんなふうに醜いのかなって」
そしてもう一つ、東京で再起したいという思いをきっぱり捨てた理由があるそうだ。

「あの出来事以来、霊感のようなものが身についたみたいで。時々、想いを残して土地や家に住み着くものの姿を見てしまうんですよね。不動産業にはキツイですよ、これは」

三

渋滞　焼津市～静岡市駿河区　日本坂トンネル

静岡県内を東西に横断する東名高速道路。

故郷の名古屋で行われた親戚の法事を終えた春男さん夫婦は、東名高速道路上り線を、自宅がある東京へ向かって運転していた。

途中のサービスエリアで休憩していると、急に雨が降り始めた。道路のアスファルトにぽつぽつと落ちてきた雨が沁《し》み込んでは蒸発して、妙な臭いを立てている。いつもなら埃《ほこり》っぽい臭いに感じるのだが、この日はなぜか煙たいような、喉に沁みるような、嫌な感じに襲われたそうだ。

東京までの中間地点辺りまで、自動車は順調に流れていた。

だが、雨は徐々に激しさを増し、フロントガラスを打ち続けている。焼津インターチェンジを過ぎた頃には、ワイパーも役に立たないほどの雨になってしまった。視界が悪くなると速度も落ち、徐々に前を行く自動車との距離も縮まってくるのだ。春男さんは用心してゆっくり運転しようと思いながら、何気なく右寄りのルートにハンドルを切った。

しばらくすると、突然目の前がクリアになった。自動車は長い日本坂トンネルに入り、激しい雨から解放されたのだ。

しかし、豪雨の影響なのか、渋滞が始まったようだ。トンネルに入ってまもなく前の自動車が渋滞を知らせるハザードランプを点けた。春男さんも後ろの自動車に注意を促《うなが》すハザードランプを点灯しながら、のろのろと進んでいったが、やがて完全に停車してしまった。

「休日でもないのに渋滞？　事故でもあったのかしら……」

奥さんの友子さんがラジオをつけて交通情報に合わせようとするが、上手く受信できない。

高速道路の、しかもトンネルの中、迂回路に逃げることもできず、動き出すのをただ待つしかない。しかし、待てども待てども、一向に動き出す気配はなし。事故情報も入らず。

「ここ、どこなの？」

「焼津を過ぎたばかりだから、日本坂トンネルだろう」

「日本坂って……昔、火災事故があったところよね」

「そういや、そうだな……けど、随分前だぞ」

東名高速道路日本坂トンネルで火災事故が起こったのは、一九七九年（昭和五十四年）。乗用車二台と大型トラック四台が玉突き衝突し、トラックに積んであったガソリン等に火がついた。その火が後続車にも次々と燃え移り、消火までにおよそ六十五時間もかかった。その結果、七人が死亡、二人が負傷、一七三台の自動車が焼失したのだった。日本の道路トンネル火災としては、史上最大規模であったと言われている。

「事故って同じ所で繰り返すもんでしょ。また事故かなぁ……」

「あれから改築されているし、あんなにひどい事故はもう起こらんだろう」

二〇十七年現在、共に五十八歳の春男さんと友子さんは、七九年当時は二十歳。事故のことはよく覚えていた。

「あれは……多分、下り線だったよね。名古屋のテレビ中継車が巻き込まれて機材がおしゃかになったとか……」

「俺達が今走っているのは上り線。下り線とはトンネルが違うから事故現場じゃないだろう」

「それにしても、いったいどうして止まっているのかしら？」

窓を開けて前方を覗こうとした友子さんは、いきなり咳《せ》き込んだ。

「何なの？　この臭い！　排気ガスの臭いじゃないみたい！」

慌てて窓を閉めたが、車内にプラスチックが焦げたような臭いが充満した。

「やっぱり事故じゃない？　大丈夫かしら……」

「前に並んでいる車は、皆静かだがなぁ……」

その後も一向に動き出す気配はなく、春男さんも友子さんも待ち続けた。

「暗いわね」

「照明が消えているようだな」

渋滞している自動車のライトがあるだけなのか、路肩も天井も暗かった。

さらに時間は経過し、一向にラジオも入らない状況に、二人の不安は増していった。

ふと友子さんは、左側のトンネル壁に沿って動く暗い影に気づいた。

「誰か来るみたい。道路公団の人かな。どうなっているのか聞いてみるわ」

自動車にゆっくり近づいてくる暗い人影を待って、友子さんは再び窓を開けようとした。

「止めとけ！　また臭いぞ！」

「ちょっとだけ我慢してよ」

友子さんは半分ほどパワーウィンドウを下げた。

「あの……すみませ……ひっ！」

思わず息を飲む友子さん。春男さんもビクッとして目をむき、身を引いた。

自動車のすぐ横をよたよたと通り過ぎたのは、暗い人影ではなく、燃え尽きたマッチ棒のように細く黒く焼け焦げた人間のようなものだった。


驚いた二人は真っ黒な人の行き先を目で追うこともできず、真っ直ぐ前を凝視したまま。


「あれは……」

友子さんがやっと一言発した瞬間、トンネル内が明るくなり、前に停まっていた自動車が動き出したそうだ。

通り過ぎたトンネル内は何の異常もなかった。事故渋滞の情報もない。

いったいあれは何だったのか。窓から入り込んだ、化学物質が焦げた臭いに生臭さも混ざったような異臭は、しばらく残っていたという。

日本坂トンネルを抜けた後も二人は無口のまま。そして、無事に東京の自宅へ帰り着いた。

玄関に入った時、リビングの壁の時計を見て、友子さんは
「案外早く着いたわ」

と、ぽつりと言った。

春男さんも一時間近く足止めを食ったはずなのに……と、ちらりと思ったが、深く考えるのは止めたそうだ。

その後、友子さんが、あの日のことを話題にすることはないそうだ。

春男さんも、その話をすることはない。

それは後日、日本坂トンネルの火災事故が、あの日と同じ七月十一日であったこと、改

築によって事故のあった下り線が今は上り線右ルートに転用されていることを知ったからだ。

春男さん夫婦は次回の帰省は新幹線で……と考えているという。

四　祈願

御前崎市　桜ヶ池

「遠州七不思議」をご存じだろうか。

その中の一つに御前崎市桜ヶ池に伝わる「龍神伝説」というものがある。それは次のような伝説だ。

平安末期、比叡山の高僧・皇円上人は、世の人々を悩みから救いたいと修行した。しかし、悟りを開くことは困難を極めた。そこで、五十六億七千万年後に現れる弥勒菩薩《みろくぼさつ》に教えを受けることにした。だが、その前に自らの寿命が尽きてしまう。そのため、長命の龍となって、桜ヶ池の底に沈み、弥勒菩薩を待つことにした。

以来、桜ヶ池では龍神に赤飯を供える「お櫃《ひつ》祭り」という奇祭が行われてきた。秋の彼岸の中日、ふんどし姿の若者たちが立ち泳ぎで池の中央まで進み、願いを込めて、次から次へとお櫃を池に沈めていくというものだ。

御前崎市のお茶農家に嫁《とつ》いだ良美さんは、このお櫃祭りで不思議な体験をしたという。私は早速、話を聞きに良美さん宅に伺った。

良美さんの嫁ぎ先は昔ながらの広い平屋建ての農家。大きな仏壇を祀《まつ》った部屋には、先祖代々の遺影が鴨居に並んでいる。

昔の遺影は写真ではなくモノクロの肖像画だ。大勢のお爺さん、お婆さんの絵に見下ろされるのは「立派なご先祖様ですね……」という言葉とは裏腹に、失礼ながら身がすくむような、ぞっとするような感覚がした。

良美さんは、一番隅にある遺影を指差して「この人がお義父さんなんです。額の右の方に、葉っぱのような形のアザがあるでしょ。お義父さんはとっても明るい人で、『このアザは茶の葉栽培の才能の現れだ』なんて、笑い飛ばしていたんです」と話し出した。

お義父さんは、婚約時代から良美さんのことをとても可愛がってくれたそうだ。桜ヶ池のいわれにも詳しく、「桜ヶ池は長野の諏訪湖と地底でつながっていると言われとるが、善光寺の阿闍梨池ともつながってるだよ」と語り、実家が長野県・善光寺の門前町にある良美さんを、「何か深い縁がありそうだ」と気に入ってくれたという。

しかし、お義父さんは結婚式を楽しみにしながらも突然の脳溢血で亡くなってしまった。周囲から喪が明けるまで結婚式は延期しようかとの話も出たが、良美さんには延期できない理由があった。それはすでにお腹の中に息子を宿していたからだ。

良美さんは結婚して数カ月、お腹も大きくなった頃、お櫃納めを見物に行った。大勢の見物人に混じって桜ヶ池を観ていると、ふんどし姿の若者の中に、老人が混ざっているのに気づいた。気になってよく見てみると、亡くなったお義父さんのように見える。

「『あの人、お義父さんにそっくりじゃない?』って、夫に話したんですが、『そんな年寄りがいるはずはない』と笑って取り合ってくれませんでした」

それでも良美さんがお義父さんによく似た老人を見つめ続けていると、その人は良美さんに笑顔を向けて何度か頷《うなず》いていたそうだ。

そして、池の中央まで泳いだその人は、勢いよくお櫃を沈めたかと思うと、自らも一緒に沈んでいったという。

しかし、姿を消してしばらくしても上がってこない。

「溺れてしまったって、私、パニックになってしまったんです。けど、そばにいた夫は、そんな人はいなかった、疲れているんだろうとなだめるばかりで……」

それから数日経った後も、祭りで人が溺れた事故があったなどという報道はなかった。良美さんも、慣れない生活に疲れて幻を見たのかもしれないと納得して、いつしか忘れてしまったそうだ。

その後、月が満ちて良美さんは長男・幸一君を産んだ。元気な赤ちゃんだった。しかし、額に葉っぱのような形のアザがあった。

まるでお義父さんの生まれ変わりのようで、家族にとってはうれしくもあったが、子どもがいじめられる原因になりはしないかという心配もあった。現代の外科手術では消すことも難しくないだろうと、夫婦で話し合ったそうだ。

しかし、ある時から日に日にアザは薄くなって、「今ではまったく残ってないんです」と、良美さんは背中でぐずり始めた幸一君をあやしながら語った。

幸一君はすくすくと育ち、これはお義父さんがお櫃祭りで「幸一君が健やかに育つように」と祈願してくれたからだと思っているそうだ。

「お義父さんの写真の前で、幸一に『この人がじいじよ』と教えていたら、最初に覚えた言葉が『じいじ』だったんです」

そういって、良美さんは幸せそうに笑った。

また、こうも言っていた。

「大人には見えないものも、赤ちゃんには見えるなんて言うじゃないですか。幸一を一人で遊ばせておくと、誰もいないはずの壁に向かって、笑ったりしながら、『じいじ』って呼んでる時があるんです。お義父さんが守ってくれてる姿が、この子には見えてるのかもしれませんね」

五　怪音

焼津市　花沢城跡

利枝さんには霊感がある。と言っても、強いものではなく、何かの気配を感じる程度のものだが……。

ある日、利枝さんは友人と二人、焼津市の「花沢の里」に出かけた。花沢の里は古い街道の面影を残す、地元でも人気のハイキングコースだ。

「花沢城跡」に差し掛かった辺りで、利枝さんは突然、ザザーッという、雨が降り出したかのような音を聞いた。

利枝さんは友人に「あれ、雨、降り出した?」と尋ねた。しかし、友人は「こんないい天気なのに?」と笑うばかり。たしかに空には雲一つなかった。

聞き間違いかもしれないと利枝さんは思ったそうだ。

しかし、その日以来、利枝さんはザザーッという音を時折聞くようになったという。

花沢城と言えば、戦国時代の一五三七年、今川義元が築城した城だ。しかし、一五七〇年、武田軍の手によって落城した。

「ひょっとしたら、戦国時代の武士の霊がこの奇妙な音と関係しているのかもしれません」と利枝さんはいう。

後日、利枝さんの体験談を、私は歴史好きの友人・美佳に話した。すると、美佳は「それって、お米の音じゃない？」と言い出した。

どういう意味なのか、私が不思議に思っていたら、美佳はキッチンから大きめのボウルを二つ持ってきた。

ボウルの一つには一合ほどの生米が入っている。美佳は生米が入っている方のボウルを高く掲げ、もう一つのボウルに向かって傾けた。すると、ザザーッと生米が流れ落ちる音がした。

「兵糧《ひょうろう》攻《ぜ》めに遭った時、敵方に水不足を悟られないために、お米の音を水の音に見せかけたという話は全国に残っているの。中には馬を洗うぐらい水に余裕があると見せるために、馬にお米をかけて洗っているふりをしたという例もあるぐらい。もしかしたら、その音じゃないかって思うのよね」

書籍で調べてみると、花沢城の周囲には水源がないことが分かった。そのため、花沢城では敵方に水不足であることを悟られないように、米の音を水の音に見せかけたこともあったのではないだろうか。

もしかしたら、利枝さんが聞いたのは、この音かもしれないと思った私は生米の音を録音して、利枝さん宛にメールした。すると、すぐさま利枝さんから「この音です!」と興奮気味の電話がかかってきた。

今川軍は死してもなお、花沢城を守っているのかもしれない。

六

毒親

富士宮市　婆々穴《ばんばあな》

都内の大学に通う美穂さんは、夏休みに友達と二泊三日の旅行をすることにした。行き先は富士宮市の「朝霧高原」だ。

美穂さんは、どこを観光しようか何を食べようかと、下調べの段階から楽しんでいたそうだ。

ある夜、美穂さんがネットで朝霧高原周辺を検索していたら「婆々穴」という悲しい言い伝えを持つ場所を見つけた。

婆々穴とは別名「姨捨《うばすて》て穴」。その昔、飢饉《ききん》で生活が苦しくなると、口減らしのために老婆を捨てたとされる竪穴だ。ネットの情報によると、穴は二十数メートルもの深さがあり、誤って落ちないように丸太が掛けてあるらしい。

「その時から婆々穴の存在が頭から離れなくなって。親を山中の穴に捨てるなんて恐ろしい話だけれど、親を重荷に感じてしまう気持ちはなんとなく分かるって思ったんです」

というのも、美穂さんのお母さんは過干渉で「私の言う通りにしていれば間違いないから」が口癖。服装、ヘアスタイル、友達関係、進学先に至るまで「ああしなさい。こうしなさい」と口うるさく指示してくる。

今回の旅行もお母さんは反対だったが、「大学生活最初で最後の旅行だから」と押し切って、ようやく了解を得たそうだ。

一日目は楽しく時間が過ぎた。二日目、友達二人はパラグライダーを体験したいと言い出した。しかし、美穂さんは高所恐怖症。一緒に遊ぶのは遠慮して、一人婆々穴に出かけることにした。

婆々穴まではタクシーで往復一万円以上。学生の美穂さんには痛い出費だったが、いったい、どんな穴なのか、美穂さんは好奇心を抑えることができなかったそうだ。

婆々穴は林の中にあった。タクシーの運転手は途中で、これ以上は進めないという。そこで、美穂さんは「戻るから待ってほしい」と運転手に告げ、一人林の中を歩き始めた。

夏だというのに、林道には冷たい風が吹いていた。辺りには人の気配はまるでなかった。整備はされていないが、道らしきものはある。美穂さんはひたすら前へ前へと歩いて行った。しかし、いつまで経っても婆々穴らしきものは見つからない。道が違うのかもしれない。美穂さんは戸惑った。

するとと、カサカサ……という音が、草むらの中から聞こえてきた。

「蛇かもしれない」と思った美穂さんは、慌てて元来た道を戻ろうとした。しかし、体が固まって動くことができなかった。金縛りだった。

カサカサカサカサ……ズズッズッ。何かが美穂さんの足元まで近づいて来て、美穂さんの両足首に絡みついた。

棒立ちのまま声も出せない美穂さんは、視線だけを自分の足首へゆっくりと落とした。すると、やせ細って節くれだった両手が、美穂さんの両足首をぎゅっと握っているのが目に入った。

これ以上見たら、きっと後悔する。そう分かっているのに、怖いもの見たさで美穂さんはその両手の持ち主を確かめようと、おそるおそる視線を移していった。すると、そこには腹ばいのまま、顔だけ美穂さんの方に向けた骨と皮だけの老婆がいた。

老婆は鬼のような恐ろしい顔つきをしていた。

そして、しゃがれ声でもごもごと呟いて、すっと消えて行った。

老婆が消えたと同時に体が動かせるようになった美穂さんは、元来た道をひたすら走った。どうやってホテルに戻ったかは覚えていないそうだ。

その夜、ホテルで美穂さんは熱を出してうなされた。心配した友達は翌日の予定を取りやめて、美穂さんを家まで送ってくれたという。


家に戻ると、美穂さんはお母さんにしがみついたそうだ。

干渉されても、うっとうしくても、やはりお母さんに守ってもらいたい。お母さんも美穂さんが戻ってきて、きっと喜んでいる。そう思ったのだが……。

お母さんは優しくするどころか、しがみつく美穂さんを突き放すと「だから旅行なんか、やめた方が良いと言ったでしょ。あなたのためを思って反対したのに」と頭ごなしに叱り始めた。

しかも、お母さんは自分が言った言葉に対し次第に興奮して、「あなたは何をやってもダメなの。私がいないと何もできないの」と美穂さんの両手首をつかんで揺さぶった。

我を忘れ髪を振り乱して怒りをまき散らしているお母さんの顔が、老婆の鬼の形相と重なったという。

「就職、結婚、出産……。この先、私はお母さんが死ぬまで縛られ続ける。そう思うと、あの老婆を見た時よりもぞっとしたんです」

その時、美穂さんは婆々穴近くで老婆を見てしまった理由が分かったような気がした。

「お母さんとは、距離を置かないといけない。私の心の中には『婆々穴』が必要なんだ」と。

七

錦ヶ浦の女

熱海市　錦ヶ浦

数年前、私が通っていたヨガ教室で仲良くしていた真美さん。私が静岡の怖い話を集めているという噂を聞いて、自らが体験した霊現象をメールで送ってくれた。

真美さんの許可を得て転載する。


私には付き合って三年目の恋人がいました。いつかは彼と結婚したいと思っていましたが、彼には奥さんが……。彼は奥さんとは冷え切った関係で、別れるつもりだから待っていてほしいと言われていました。

彼には家庭があったため、私達は平日の夜にしか会えません。けど、彼の都合がついたので、久しぶりに週末の一泊旅行をすることになったんです。行き先は熱海です。

とても楽しみにしていたのですが、残念ながら当日は雨でした。計画していたハーブガーデンの散策は中止。けど、ホテルのチェックイン時間までには間があるし、熱海の観光スポットを巡回しているバスに乗ってみることにしたんです。バスにはボランティアガイドが乗っていて、観光スポットの見どころや歴史などを案内してくれました。

バスは熱海駅前を出発して、尾崎紅葉の小説『金色夜叉』で有名なお宮の松やサンビーチ、親水公園を通って、錦ヶ浦へと向かっていきます。

錦ヶ浦の停留所に着くと、バスがしばらくの間、停まりました。

雨だったからでしょうか、昼間だというのに外は薄暗く、窓ガラスには車内の人の顔がうっすらと映っています。雨を恨めしく思っている私の顔も見えます。

肩より少し下まであるストレートヘアー……私はそれをてっきり自分の姿と思っていたのですが……、違ったんです。

窓の向こうの雨の中に、ぼんやりと浮かんでいるのは他の女の姿だったのです。女は上

半身のみで下半身がありません。
それに気付いた私は、ヒッと息を飲みました。隣に座っている彼は「どうした？」と心配そうに私の顔を覗き込みます。
とっさのことで上手く説明できずに、私は「あれ……あれ……」と女がいる方を指差しましたが、彼は「何もないじゃないか」と首をかしげます。
同時にバスが走り出して、女の姿を見失ってしまいました。スッと消えてしまったのかもしれません。

バスが走り出すと、同乗のボランティアガイドが「錦ヶ浦は自殺の名所です」と説明を始めました。一説によると、五百人もの人達が飛び込み自殺をしたと言われているそうです。

その時、私はアレは錦ヶ浦で自殺した女性の霊だったのではないかと思いました。

でも、なぜ私にだけ見えたのでしょう。自分に良く似ていたから、呼び寄せたなんてことがあるでしょうか。

ただ、ほんの一瞬だったので、本当に見たのかどうか自信がなくなってしまいました。

ホテルにチェックインしてからは楽しかったです。泊りがけで二人で過ごすのは久しぶりのこと。ホテルのお部屋もきれいな和洋室。広い大浴場もアメニティの質も充実しています。

それに、なんと言っても部屋からの眺めが豪華。高い場所に建っているので、相模灘を一望することができるんです。

私達は温泉と夕食の海鮮料理をのんびりと楽しみました。貸切風呂にも入って、二人ともよく笑い、幸せなひと時でした。

夕食が済んで、後でもう一風呂浴びようかと話していると、彼の携帯電話が鳴りました。

その場に私がいては彼が話しにくいこともあるかもしれないと思い、私は黙ってトイレに立ちました。

戻ってくると、彼が複雑な表情で、奥さんが緊急入院したので、すぐに帰らなくてはならないと言うのです。

何があったのか、命にかかわるような病気やケガなのかを尋ねましたが、彼ははっきり言いません。電話は奥さんのお母様からだったようで、彼も気が動転していたのかもと思いました。

私は驚くより、がっかりしました。一瞬にして幸せな気持ちは吹き飛びました。でも、大変な状態なら「行かないで」とも言えません。すぐに彼を送り出すほかなかったのです。


だだっ広い部屋に一人残って、私はしばらく放心状態で座り込んでいたと思います。どのくらい経ったでしょうか。ようやく頭が働くようになると、楽しみにしていた旅行が突然終わってしまったことが悲しくなって、涙が出てきました。

思い切り泣いて落ち着いてくると、身体を休めた方が良いと思いました。でも、気が張り詰めてなんだか眠れそうもないので、温泉に浸かって身体を温めることにしたんです。

夜遅かったため、温泉には私一人。泣きはらした顔を誰にも見られずに済むと少し安心しました。

そして、湯舟の縁から一段下がったところへ腰かけて、半身浴でゆっくり温まることにしたんです。

気持ちが落ち着くと、これから先のことを考え始めました。明日はすぐに自宅へ帰ろうかとか、何かあれば奥さんの元へ駆けつける人といつまでも付き合っていて良いのだろうかとか、安心して幸せに浸れる日は来るのだろうかとか……。

一つ大きくため息をついて、湯舟の向こうにある窓ガラスを見ると、真っ暗な海の上に小さな船の灯りがいくつか。それと、窓ガラスに映る自分の姿が見えました。

傷心で肩を落とし、見るからに不幸そうな私。お湯で温まっているはずなのに、元気がなくて寒そうに見えます。

ふと、髪を降ろしたままだったことに気付きました。手に持っていたヘアクリップで、ざっとまとめた髪をはさみ、後れ毛がないかどうか、窓ガラスに映して確かめようと顔を上げると……。

「イヤッ！」とか「ギャッ！」とか、驚きの、いえ、恐怖の声を上げたと思います。

怖ろしさで湯から上がろうとしましたが、身体が言うことを聞きません。腰が抜けるとは、あんな状態のことなのでしょうか。どうやって風呂場を飛び出して、部屋まで戻ってこれたのか思い出せません。

私がパニックになった理由。それは……、私が髪をアップにまとめているのに、窓ガラスにはセミロングを垂らしたままの女性の姿が映っていたからです。

そう、あれは私ではなく、昼間見た「錦ヶ浦の女」でした。

私はベッドへ潜り込むとしっかりと目を閉じました。温泉で温まったはずの身体はすっかり冷たくなっていて、震えが止まりません。真夜中では、誰かに助けを求めるわけにもいきません。

病院にいる彼に連絡することもできないし……。

とにかく、早く夜が明けて明るくなって欲しいと願うばかりでした。

明け方近くになってうとうとし始めて、少し眠ることができました。そして、目が覚めると昨夜のことはやはり夢だったのかと思いました。

いや、やはり違います。私は確かにあの女の顔を見たのです。

錦ヶ浦から私について来たのでしょうか。けど、私には霊感なんてないし、恨みを買うようなこともしていません。

自分に良く似た顔が、悲しそうに私を見つめていたのを思い浮かべて、ふと思いました。もしかしたら、あの人はつらい恋愛を苦にして錦ヶ浦で亡くなったのかもしれない。同じような境遇の私なら分かり合えるかもしれないと思ったのかも。

そんなことを考えたら、昨夜の恐怖が少しやわらいだように感じました。

せっかくの豪華な朝食もほとんど喉を通らず、ぼんやりと座り込んでいるうちに時間が経ち、ホテルをチェックアウトして外へ出ました。

今日も、また雨。

傘を差して、ふらふらと歩き出すと、熱海駅から少し離れた停留所に昨日乗った観光用の巡回バスが停まっているのが見えます。

並んで待っていた最後の人が乗り込むところで、私は何となくその人の後ろについて、そのバスに乗ってしまったのです。


バスの中で私はいろいろと考えました。昨夜出て行ったきり、彼からはメール一通も届きません。また会えるんだろうか。彼の奥さんはどうなったんだろう。もしかして、奥さんに悪いことが起きているなら、そう遠くないうちに彼と暮らせるようになるのではないか……、なんてことまで。

でも、このまま彼との関係を続けても、一生一緒に暮らせる日は来ずに、一人ぼっちで年老いて行くのかもしれない……。


バスは昨日と同じように、海沿いの坂を上って錦ヶ浦へ到着しました。

女性の二人連れが降りようとするのが目に入りました。断崖絶壁が良く見えるのはどの辺りかと、ガイドに聞いています。

私は何かに後押しされるように、二人連れに続いてバスを降りてしまいました。歩き出す二人の少し後から付いていきます。

その時には、錦ヶ浦に現れたあの女が怖いという気持ちは、もうなくなっていました。もちろん、死にたいなんて思ってもいません。

ただ何となく行ってみたくなったのです。


しばらく歩くと、いつの間にか二人連れを見失ってしまいました。

一人で歩きながら思うのは、八方塞がりのつらさでした。このまま不倫を続けるのもつらい。彼と別れるのはもっとつらい。一人で生きるのもつらい。明日、何もなかったように会社に出勤するのもつらい。


そして、断崖がよく見えそうな所で立ち止まって、崖下を覗きこみました。

ここから飛んだら助からないでしょう。ここで命を絶った人たちは、吸いよせられるように飛んでしまったのかもしれません。

このまま飛び込んだら、一瞬ですべてのつらい思いから解放されるのかも……そう考えた時です。背後から強い風が吹きつけ、手にしていた傘がすっと崖下へ持って行かれそうになりました。

そして、断崖と大海原がぐっと自分の目の前に迫ったように感じた瞬間……背後から誰かに髪を掴まれました。

「あっ！」と思った私の目の前では、手から離れてしまった傘が舞い降りて行きます。

そして、私の髪を掴んだものの正体を見ようと振り返ると、あの錦ヶ浦の女が見えたような気がしました。

私は高まる鼓動と浅く繰り返す呼吸を鎮《しず》めようと、両手で胸を押さえながら考えました。

「もしかして、ここには弱った心を引き寄せて、断崖絶壁へ突き落そうとする霊が渦巻いているのかもしれない。そして私に良く似たあの人は、命を絶ったことを後悔して、私に生きよと引き留めてくれたのだろうか」と。


私は来た道を戻りながら、心に決めました。彼とは別れて、不倫は終わりにしようと……。

後日、彼の奥さんは予定より早く産気づいて病院に運ばれたと知りました。数年来の冷え切った夫婦関係というのは、彼の嘘だったわけです。

八　パワースポット　富士宮市　人穴浅間神社

古くから信仰の対象として崇拝されてきた、霊峰富士。

その裾野《すその》には、訪れる人達の運気を上げてくれるパワースポットが数多く存在する。

今（二〇十八年）から三年前のこと、東京在住の美咲さんは恋人の達也さんと富士山周辺のパワースポットを二日間かけて巡ることにした。

一つ年下の達也さんは有名大学卒で見た目もなかなか。三十歳にして起業したばかりの会社は、早くも軌道に乗りそうな勢いだった。

これからますます会社を大きくしたいと願った達也さんは、パワースポットのご利益にあやかりたいので数々の神社を回りたいと言い出したのだ。

まだ結婚の話は出ていないものの、そろそろプロポーズされそうだと感じている美咲さんも、達也さんの会社の発展を祈りたいと一緒に参拝することにした。

両親が共働きだったため、幼い頃の美咲さんはお祖母さんに育てられた。

お祖母さんは信心深い人で、神仏問わず、仏壇にも神棚にも、近所の坂道の上から小さく見える富士山にも、いつも丁寧に手を合わせていたそうだ。

美咲さんは、お祖母さんから教えられたお参りの作法をきちんと守るなど、古風な感じの女性だった。

達也さんも、美咲さんのそんなところに惹かれていたのかもしれない。

しかし、達也さんは参拝のマナーなどそっちのけで、とにかく一つでも多く、効率良くパワースポットを回ろうと躍起《やっき》になっていた。

「鳥居をくぐる前は一礼しましょ」

「参道は真ん中を歩かない方が良いのよ」

「手水舎で手と口を清めて行きましょ」

などと、いくら美咲さんが言っても「省略したって大丈夫だよ」とさっさと行ってしまう。美咲さんは追いかけるようについて回ったそうだ。

欲張ったパワースポット巡りも二日目、最後に「人穴浅間神社」を参拝するだけとなった。

人穴浅間神社の鳥居からは美しく輝く富士山が見え、いかにもご利益がありそうだ。

人穴浅間神社の境内には、「人穴富士講遺跡」があることでも有名だ。

拝殿に向かって右手には溶岩洞窟「人穴」がある。この場所で、富士山を崇拝する民間信仰「富士講」の開祖である長谷川角行が修行したと言われている。

一方、左手には富士講の信者たちが建立《こんりゅう》した約二百基もの碑塔がある。

達也さんの運転する自動車が人穴浅間神社の鳥居をくぐった頃には、辺りはもう薄暗くなっていた。他に参拝客はいないようだ。

自動車を降りて、拝殿へと続く階段を上り始めたら、ちょっと震えが来た。

美咲さんによると、鳥肌が立つのは冷えてきたせいだけではなく、何か嫌な感じというか、違和感のようなものを覚えたからだそうだ。

それでも達也さんは相変わらず、「薄暗くなってきたから、ちゃちゃっとやっつけよう」と、マナーなどお構いなし。

神社を参拝し、人穴、富士講の信者が建立した数多くの碑塔を一通り見て回ると、辺りはすっかり暗くなった。達也さんが、何だか薄気味悪いと言い始めた。ずらりと並んだ碑塔が、まるで墓石のように見えたそうだ。

二人は無口になった。すると達也さんが、碑塔群の奥を見ながら、「あの灯り、何だろう?」と呟いた。

ぼんやりと大きく光るものが見えたかと思うと、一つ、また一つと、ぼんやりとした光が増えてきた。

「何だか人の形みたいじゃない？」

美咲さんがそう言うと、達也さんも「光が集まってきたみたいだ」と言い出した。

ぼんやりとした光が徐々に一箇所に集まり、人のような形になった。そして、二人の方へ近づいてきた。

二人は無言で顔を見合わせた。

何も言わなくても、恐ろしいことが起こりそうだというお互いの気持ちが伝わってきた。

初めに達也さんが、「逃げよう！」と言って走り出した。

美咲さんもすぐに後に続き、のぼってきた階段を降り始めた。

振り返ると、人型の光が集団で、ゆらゆらゆっくりと近づいてくるのが見えた。

美咲さんは、少し先を走る達也さんに追いつこうと焦ったが、徐々に距離が離れていく。

本当に怖い時は、恋人のことさえ気にする余裕もなく、ひたすら逃げ回るものなのだろうか。

必死に走りながら、美咲さんは「ちり〜ん」という、行者が鳴らすような鈴の音を聞いたという。

その瞬間、何かに躓《つまず》き、転んでしまったそうだ。

と同時に「パシッ」と、静電気がはじける時のような気配を背後に感じたという。


「待ってっ！」

美咲さんは達也さんに助けを求めた。しかし、達也さんは立ち止まることなく一人先に行ってしまった。

美咲さんはすぐには立ち上がれぬまま、恐ろしさと痛さで泣きそうになりながら、光が襲って来るのではないかと後ろを見た。

しかし、今通ったばかりの道は闇に包まれ、光はなくなっていた。

美咲さんは言う。

「あの光は霊か何かで、私達の礼を欠いた態度に怒ったのかもと思っています」

帰りの自動車の中では、二人はあまり話さなかったそうだ。

美咲さんは、達也さんが自分さえ助かれば良いと思う冷たい人だったのかとか、ご利益ばかり願ってマナーを守らないような人と暮らしていけるだろうかとか、一人で考えて、押し黙っていたのだ。

一方の達也さんも、ケガをした膝を気遣っても何も答えない美咲さんに、いら立っているようだったという。

自動車を発進してしばらくして、達也さんはハンドル操作を誤り、車体をガードレールにザザーッとこすりつけてしまった。

その時、達也さんは何かが飛び出してきたので避けようとしたと言ったそうだ。

幸い歩行者も他の自動車もいなかったので、軽い自損事故で済んだのだが、美咲さんは「軽いといっても事故なんて初めてで、胸がドキドキして怖かったです」と言う。

その日以降、達也さんとは二度ほど会ったが、旅行前の雰囲気には戻らなかった。結局美咲さんはプロポーズをされることなく、別れたそうだ。

「後になって知ったことですが、『人穴浅間神社』は心霊スポットとしても有名で、鳥居を車でくぐると交通事故に遭うとか、いろいろ噂があったんですね」

それを知っていたら二人は人穴浅間神社には立ち寄らず、恐ろしい体験もしなかったのかもしれない。

現在、美咲さんは一児の母となり、幸せに暮らしている。

達也さんはどうしているかと尋ねると、

「別れてからすぐに、他の人と結婚したそうです。私は天秤《てんびん》にかけられていたのかも……。達也さんも子どもができて、事業も順調だったそうですが……」

幸せもつかの間、急に達也さんの会社が傾き始め、大きな借金を背負った。そして、奥さんとも離婚してしまったそうだ。

美咲さんは「あの神社に立ち寄らなければ、私が同じ目に遭っていたのかも。そう考えると、私にはやはりパワースポットだったように思います」とちょっと悲しそうな顔を見せた。

美咲さんから聞いた体験談は、私にとって、パワースポット巡りをするにしても、取材をするにしても、きちんとマナーを守るべきだと思わされる話だった。

九

別離

伊豆市〜賀茂郡河津町　旧天城トンネル

仕事を通じて知り合った「マアちゃん」という年上の友人がいる。友人は静岡市在住の五十代の女性。私が「静岡にいるのなら、何か怖い話を知らないだろうか」と尋ねると、友人は「子どもの頃の体験談なら……」と言葉をにごした。

本当に怖い話は、思い出したくも話したくもないという。そこをどうにかとお願いして、友人の体験談を聞かせてもらうことができた。

それは四十数年前、川端康成の小説『伊豆の踊子』の舞台となった「旧天城トンネル」での出来事であった。

マアちゃんは、中学一年生の夏休み、伊豆にある親戚の別荘を借りて家族旅行をすることになった。その時、マアちゃんの仲良しで、同級生のチイちゃんも一緒に誘うことにした。

マアちゃんとチイちゃんは、幽霊の噂が数々ある「旧天城トンネル」を歩くのを楽しみにしていた。

旧天城トンネルは、明治三八年（一九〇五年）に開通した伊豆市と賀茂郡河津町を結ぶ石造りのトンネルである。長さ約四四六メートル。自動車で通ることもできるが、対向車とすれ違うほどのゆとりはない。

ここにはずぶ濡れの女性の霊が立っていたとか、自動車で通ると車体にたくさんの手形がつくとか、怖い噂が飛び交っていた。

ある日、マアちゃんとチイちゃんはお父さんと一緒に旧天城トンネルに向かった。トンネルの北側の入り口に到着したマアちゃんとチイちゃんは、肝試し感覚で二人で歩きたいと言い出した。了承したお父さんは先に歩き、南側の出口で待っていることにした。二人はしっかり手をつないで歩き始めた。

マアちゃんによると、トンネルの中は自分の手ですら輪郭《りんかく》がようやく分かる程度で、ずいぶん暗かったそうだ。当時のトンネル内は、今よりも照明が少なかったのかもしれない。トンネルの中を進んでいくと、次第に外からの光が届かなくなった。

マアちゃんは恐怖のあまり、「絶対に手を離さないでね」とチイちゃんに頼んだ。それでも、だんだん怖くなってきて、気を紛らわそうと盛んにおしゃべりしたそうだ。

「タイムトンネルってこんな感じかなあ。向こうへ着いたら全然違う世界になってたりして……」

「お父さんが見えないけど、もう出口に着いたのかなぁ……」

一方のチイちゃんは黙って歩いていた。平気だったのか、それとも怖くて言葉が出なかったのか、それは分からなかった。

トンネル内の路面は舗装路のように平らではなく、所々に浅い水たまりがあるようで、時々足元で水が跳ねた。暗くて見えないので、避けることはできなかった。しかも、上からもぽたりぽたりと水が落ちてきた。二人は急いでいるつもりでも、ゆっくりとしか歩けなかった。出口は随分遠くに感じたそうだ。

黙っていたチイちゃんが立ち止まった。「靴ひもがほどけたから、結びたい」と言ったそうだ。マアちゃんは、やむをえずチイちゃんの手を放した。

「ねぇ、まだ？」

怖くて仕方ないマアちゃんは、早くチイちゃんと手をつなぎたかった。そのため、チイちゃんを急かした。

しばらくすると、チイちゃんがそっとマアちゃんの手を握ってきた。マアちゃんはホッとして、その手をぎゅっと握って歩き出した。

「さあ、急いで歩こうね」

チイちゃんは相変わらず何も言わない。

その時マアちゃんは、チイちゃんの手が濡れているのに気付いたそうだ。しかし、水たまりがあるから靴ひもを結ぶ時に、手が濡れてしまったんだなと思ったという。

歩いていくうちに、マアちゃんの二の腕がチイちゃんの服に触れた。チイちゃんの服は濡れていた。

「落ちてくる水がいっぱい当たってるの？　洋服、びっしょりだよ」

マアちゃんは心配になって聞いた。

何も答えないチイちゃん。顔を見ても、暗くて輪郭くらいしか分からなかった。

その時、「マアちゃん」と呼ぶ声が聞こえた。

「なあに？　チイちゃん水が冷たいの？」

マアちゃんの質問には答えず、また「マアちゃん」と呼ぶ声が、小さく聞こえた気がした。すぐ隣にいるのに、遠くから聞こえるかのような細い声しか出ないのは、チイちゃんはよほど怖いのか、寒いかだろうと思ったそうだ。

チイちゃんの様子が変だから急いでトンネルを出ようと、マアちゃんはしっかりと手を掴んで、ずんずんと進んだ。

やっとトンネルの出口が近づいてきた。お父さんの姿が逆光で黒く見えた。マアちゃんはホッとしてチイちゃんを見て言った。

「もうちょっとだよ。大丈夫？」

その時、出口からの光でチイちゃんの顔がはっきりと見えた。

次の瞬間、マアちゃんは手を放して飛び退いた。

マアちゃんがしっかり手を握っていたのは、血だらけの少女だった。

顔中血だらけ。服もどす黒く濡れていて、腕からも血が流れ落ちていた。

でも、血だらけの少女は、チイちゃんの顔をしていた。

マアちゃんは、お父さんの元へ走り寄った。

「チイちゃんが大変だよ！　チイちゃん、血が出てる！」

お父さんは驚いてトンネルの中に走り込んだ。預かっている他所の娘さんがケガをしたなら大変だと思ったからだ。

するとトンネルの中からチイちゃんが、ぷりぷりと怒りながら出てきた。

「もう！　待ってって呼んでるのに！」

チイちゃんはマアちゃんを呼んでもどんどん行ってしまったと怒っていた。お父さんはチイちゃんが無事でホッとした。

マアちゃんが見たのは恐怖が作りだした幻想だったのだろうか。血だらけのチイちゃんに触れたと思っていた自分の手には、全く血はついていなかったそうだ。

それ以来、マアちゃんはチイちゃんの顔を見ると、血だらけの顔を思い出し、チイちゃんを避けるようになってしまったそうだ。そして、翌年にはクラスも別れ、お互いに別の仲良しができて疎遠になってしまった。そして、四十数年が過ぎた。

マアちゃんは大人になってから、何かで旧天城トンネルの噂話を聞いた。その中には狭いトンネルで交通事故に遭って亡くなった少女の霊がいるというのもあって、改めてゾッとしたそうだ。交通事故が本当なら、亡くなった少女は同じ年頃の仲良し二人組がうらやましかったのではないかと思ったそうだ。

しかし、もしも事故に遭った霊なら、なぜチイちゃんの顔に見えたのか。たまたま似ていただけなのか、霊がチイちゃんにとりついてしまったのか。

どちらにしても、チイちゃんのせいではないのに、友情が壊れてしまったのは本当に残念で申し訳ないと語る。

しかし、私が「チイちゃんが今どうしているか、探してみては?」と言うと、「もしも顔が血まみれに見えてしまったらと思うと、ちょっと……」と再会を望まぬ答えが返ってきた。

十　決断　牧之原市

和洋中と数々の飲食店で料理人としての腕を磨いてきた郁夫さん。いつかは自分の店を持ちたいと夢見ていた。

しかし、飲食店の廃業率は十年経てば九割程度と言われている。現に郁夫さんが以前いたフランス料理店も経営不振で潰れてしまった。料理の味は良かったのだが……。

また、郁夫さんには妻子がいる。子どもは来年から小学生。家族のことを考えると、下手に冒険しない方がいいのかもしれない。郁夫さんは店を持つことをあきらめかけていた。

そんな時、元同僚に「共同経営で一緒に店をやらないか」と誘われた。四十前という自分の年齢を考えると、これが最後のチャンスかもしれない。

ちょうど時期は八月。お盆休みに実家の牧之原市に戻った時に、これから先どうするか、ゆっくり考えてみようと思ったそうだ。

盆入りの日、郁夫さんは仏壇の前に座ってお線香をあげようとした。すると、亡くなったお祖母ちゃんが書いた「御詠歌」のノートが置いてあるのに気がついた。

御詠歌とは仏教歌謡の一種。郁夫さんは子どもの頃、お祖母ちゃんと一緒に「西国三十三所御詠歌」を詠っていたことを思い出した。西の諸国にある霊場（寺院）三十三カ所を巡る御詠歌で、一番につき一つの寺院のことが詠われ、三十三番まである。

これを一定の節をつけて、「鉦吾《しょうご》」という鐘と「持鈴《じれい》」という鈴を鳴らして一緒に詠うのである。

あまりに長いので、十六番を終えた辺りで一度休憩を入れる。その時、お茶農家を営むお祖母ちゃんは、自らが摘んだお茶を出してくれた。

静岡と言えば、お茶が有名。茶畑の面積でも収穫量でも、静岡県が全国の約四十パーセントを占めているのだ。

そんな、茶どころ・静岡の中でも、牧之原市のお茶の生産量は県内一。旨味とコクがある深蒸し茶で、他の地域産のお茶とは一味も二味も違うのだ。

郁夫さんは懐かしさのあまり、近くにいたお母さんに「一緒に詠おう」と誘った。だが、お母さんは「雲行きが怪しいから洗濯物を取り込む」と言って、仏間を出て行ってしまった。郁夫さんは一人で詠うことにした。

いちばん　きのくに　なちいさん
ふだらくや　きしうつなみは　みくまのの
なちのおやまに　ひびくたきつせ
（一番　紀伊ノ国　那智山
補陀洛や　岸うつ波は　三熊野の
那智のお山に　ひびく滝津瀬）

にばん　きみいでら　（二番　紀三井寺）
さんばん　こかわでら　（三番　粉河寺）

「十五番　今熊野観音寺」まで詠うと、郁夫さんは後一つで休憩だなと思ったそうだ。その時、郁夫さんの背後の開け放ってあった縁側から突風が吹き、仏壇の蝋燭《ろうそく》の火が消えた。夏だというのに冷たい風だったという。

また、風と一緒にチリ～ンという鈴の音も聞こえた。しかし、郁夫さんは、どこかで風鈴でも鳴ったと思ったそうだ。

郁夫さんは十六番を詠い始めた。

すると、すぐ後ろに人が座った気配を感じた。小さな声だが、郁夫さんに合わせて詠う声も聞こえてきた。

郁夫さんは、用事を終えたお母さんが加わってくれたのだろうと思った。

十六番を詠い終えると、最後にまた、チリ～ンと鈴の音が、今度はすぐ近くで聞こえた。

郁夫さんは振り返って、

「お母さん、休憩……」

そう言いかけて絶句した。

誰もいなかった。

二階からはお母さんの足音が聞こえた。

一緒に詠っていたのはお母さんではない。

「あれは、お祖母ちゃんの声に似ていた」と思った瞬間、郁夫さんの血の気が引いた。

いかに大好きだったお祖母ちゃんとはいえ、霊だと思うと恐ろしかったのだ。

郁夫さんが固まったままでいると、もう一度十六番を謡うお祖母ちゃんの声が途切れ途切れに聞こえてきた。

じゅうろくばん　きょうのきよみずでら
まつかぜや　おとわのたきの　きよみずを
むすぶこころは　すずしかるらん
(十六番　京の清水寺
松風や　音羽の滝の　清水を
結ぶ心は　涼しかるらん)

その時、お母さんが「そろそろ休憩にしましょう」と仏間に入ってきた。そして郁夫さんの前にお茶を置いた。それは新茶の季節に突然亡くなったお祖母ちゃんが、手摘みした最後のお茶だった。

お祖母ちゃんは代々、蕎麦屋を営む家の一人娘。婿を取って蕎麦屋を継がなければならない身の上だったという。しかし、お祖父ちゃんに一目ぼれしたお祖母ちゃんは周囲の反対を押し切り、お茶農家に嫁いだ。お祖母ちゃんにとっては大きな決断だったわけだ。

そういえば、郁夫さんが子どもの頃、お祖母ちゃんはこんな話をしてくれたことがある。「京都の清水寺には、高い崖に作られた舞台があり、そこから飛び降りると願いごとが叶うと言われた。そのため、ためらう気持ちを振り切って大きな決断するという意味の『清水の舞台から飛び降りる』という、ことわざが生まれた」と。

お祖母ちゃんは郁夫さんに「思い切ってやりなさい」と励ましたかった。だから、十六番の「京の清水寺」を詠ってくれたのかもしれない。

その夜、郁夫さんは奥さんに自分の店を持ちたいという話をした。奥さんは「私も一緒に頑張るから。応援する」と励ましてくれたという。

十一　予言　伊豆市

葉子さんは高校生だった頃の昭和六十年代、親戚が経営する温泉旅館でアルバイトをしていた。その時、数々の不思議な体験をしたという。

今でこそ一人客をターゲットにした旅館やホテルは多いが、当時は、一人で旅館に泊まる客、中でも女性の一人客は珍しく、女性が一人で宿泊すると、旅館側も「自殺をするんじゃないか。誰から追われているんじゃないか」と警戒したらしい。

そのため、葉子さんも、旅館の女将である叔母さんから「女性一人のお客様には、お茶や食事を出す時に話しかけて気を配るように。お客様が出かける時には、さり気なく行き先を尋ねてね」と言われたそうだ。

叔母さんは長年、接客業をしているだけあって明るく社交的な人だった。旅館の業務が暇になる午後一時頃になると、「帳場」と呼ばれる、今でいうロビーのスペースで、静岡茶と一緒に温泉饅頭、漬物などをお客に振る舞った。叔母さんはお客とおしゃべりするのを毎日の楽しみにしていたという。

その日は、お一人様の女性客が二組いた。宿帳の記載を見ると、太めの女性は五十代、物静かで色白の女性は三十代だった。

叔母さんと葉子さんは女性客二人に「帳場でお茶でもどうですか」と声をかけた。ちょうど回覧板を持って来た隣家の四十代の主婦も誘って、五人でお茶にした。

叔母さんが自家製の漬物自慢をひとしきり面白おかしく語ると、次に五十代の女性客が話し出した。

「実は、私、時々人様の未来の姿が見えることがあるんです」

葉子さんはそれを聞いて、若い娘らしく、自分はどんな男性と結婚するのか教えて欲しいと頼んだ。しかし、五十代の女性客から「未来が見えるといっても、数日後の出来事が突然見えるだけ。何年も先のことは分からないのよ。だから、結婚相手は分からないわ。

いいお相手が見つかるといいわね」と言われて、がっかりしたそうだ。

しかし、三十代の女性客の未来の姿は見えたらしい。五十代の女性客は「大変なこともあるだろうけど、やり直せるから頑張りなさいね」と励ましたという。

三十代の女性客はその言葉に驚いたかと思うと、うつむいて涙を流し始めた。

皆、何か大きな悩みを抱えての一人旅なのだと察して、口々に慰めたり励ましたりしたそうだ。

三十代の女性客はひとしきり泣くと吹っ切れたような様子で、温泉に入ってくると言って立ち上がった。そして、隣の主婦も「そろそろ子どもたちが帰ってくるから」と自宅に戻った。

残った五十代の女性客は、叔母さんと葉子さんを相手にまた話し始めた。

「あの人は大丈夫。自殺したりしませんよ。でも、お隣の奥さんは数日後に病気で亡くなります」

それを聞いた二人は「あんなに元気な人が亡くなるなんて。そんなこと、考えられない」と言って、嫌な気持ちになったそうだ。

その日の夜、葉子さんは三十代の女性客が一人で思い詰めて変な気を起こさないか、気がかりだった。しかし、隣の主婦に対する予言はすっかり忘れてしまった。

翌朝、三十代の女性客も五十代の女性客も、何事もなく出発した。

三十代の女性客は相変わらず元気はなかったが、発つときには「おかげさまでやり直す決心がつきました」と語ったので、叔母さんと葉子さんはホッとしたという。


それから数日後、お茶の時間に新聞を広げていた葉子さんは、ある犯罪に関連した事件を報道する小さな記事の中に、あの三十代の女性客らしい写真を見つけて驚いたそうだ。

葉子さんと叔母さんは「事件のことで自殺しようと考えていたのかもしれんね」と語り合った。

ちょうどその時、救急車のサイレンの音が近づいてきた。二人が急いで外に出ると、救急車は隣の家の前に停車した。

二人ともハッとして顔を見合わせた。

五十代の女性の予言が当った。隣の主婦は虚血性心疾患で帰らぬ人となってしまったのだ。

その後も葉子さんは旅館でのアルバイトを続けていたが、あの五十代の女性客がまた泊まりに来たら、怖いなと思っていたそうだ。

しかし、あれ以来、来館することはなかったという。

十二　湯灌《ゆかん》　伊豆市

元号が昭和から平成に移り変わり、葉子さんは大学生になった。旅館でのアルバイトに慣れた葉子さんは、旅館の女将である叔母さんから随分頼りにされたそうだ。

ある夏の日の昼過ぎ、葉子さんは叔母さんから露天風呂の掃除をするように言われた。

連泊や日帰り入浴のお客はいないと聞いていたのに、なぜか露天風呂に浸かっているお客がいた。

その露天風呂にいたお客は、きれいな総白髪にゆるいパーマをかけているおばあちゃん。

葉子さんは、後ろ姿からでも森家のおばあちゃんだとすぐに分かったそうだ。

おばあちゃんは、旅館から自動車で三十分ほどの場所に住んでいた。脳梗塞で倒れたことがあるおばあちゃんは、「無理をして遠くに旅行するよりも、近場の温泉旅館でのんびりする方がいい」とよく遊びに来てくれた。

葉子さんは、おばあちゃんにゆっくりお風呂に浸かってほしくて、掃除は三十分後にすることにした。


三十分が経過し、葉子さんはまた露天風呂へ掃除に向かった。でも、おばあちゃんは、まだ露天風呂に浸かっていた。

そろそろお風呂掃除をしないと、これから来館するお客に迷惑をかけてしまう。葉子さんは先に桶や椅子だけでも洗おうと「すみませんが、お掃除始めさせてもらいますね。ご気分はお変わりありませんか?」とおばあちゃんに声をかけた。

すると、おばあちゃんは「はいはい。ありがとう」と返事をした。

葉子さんはおばあちゃんから少し離れたところで掃除をしていたが、もう一度、「ご気分悪くないですか?」と声を掛けることにした。長風呂は身体に悪いと思ったからだ。

すると、今度は脱衣所の方から「はい、はい。ありがとう」との声が聞こえてきたそうだ。葉子さんはおばあちゃんがお風呂から上がったことを確認した。

葉子さんが露天風呂の掃除を終えて帳場へ戻ると、叔母さんが電話で何やら話し込んでいた。

そして、電話を切ると「森家のおばあちゃんが脳梗塞で亡くなったって連絡があっただよ」と言い出した。

葉子さんは「さっき露天風呂で会ったからそんなはずはない」と言った。

しかし、叔母さんからは「今日はまだ一人のお客も着いていないし。それに、おばあちゃんが亡くなったのは昨日のことだよ」との言葉が返ってきた。

葉子さんは「あれはおばあちゃんの霊だったんだ」と気づき、全身の毛が逆立ったそうだ。

その夜、おばあちゃんの通夜が行われた。しかし、旅館は満室。叔母さんは旅館を空けることができないという。

葉子さんは恐ろしくて嫌だったが、叔母さんから「お得意様だからどうしても」と頼まれて、仕方なく通夜へ出かけたそうだ。

祭壇にはおばあちゃんの遺影が飾られていた。それは葉子さんが撮影したおばあちゃんの写真だった。

以前、葉子さんがお風呂上がりのおばあちゃんから「顔色が良い時の写真を撮って欲しい」と頼まれたことがあった。ちょうど使い捨てカメラのフィルムが残っていたので、撮影して、プリントしてあげたら、とても喜んでくれたのだった。


葉子さんの姿に気づくと、おばあちゃんの娘さんが近づいて来て「いい写真をありがとう」と葉子さんにお礼を言った。

葉子さんはその言葉に慰められ、思い切って昼間の出来事を話した。

すると娘さんは「今日の昼過ぎなら、母の遺体を湯灌している最中だっただよ。最後に大好きだった露天風呂で身を清めたかったのかもしれんね。『ありがとう』と言ったなら、あなたに写真のお礼を言いたかったんじゃないかね」と語った。

その言葉で、おばあちゃんの霊を見て怖かったという気持ちは消え、露天風呂を愛してくれたおばあちゃんに感謝の気持ちが生まれたそうだ。

十三　事故物件

静岡市

寒風吹きすさぶ夜のことだった。

私は静岡市内で取材を終え、ある居酒屋へ立ち寄った。

体が冷え切って、温かいものが欲しかった。私は女将に地酒を熱燗にしてくれるよう頼んだ。

冷えているのは体だけではない。さんざん聞かされた怪談話によって、心まで寒くなってしまったのだ。

熱いお酒を流し込むと、体の芯からじわっと温かさが染み渡った。

お酒のつまみには迷わずおでんを注文した。

静岡おでんはだし汁が真っ黒。串にささったおでん種に、青海苔《あおのり》とだし粉、さらには、からしや味噌だれまでかけるという食べ方に、最初はギョッとしたものだった。しかし、見た目に反してあっさりしており、一度食べると病みつきになる。

美味しいお酒とおでんで、やっと人心地《ひとごこち》がついた私の耳に、女将が常連客の一人に話しかける声が入ってきた。

「ねえ、ヤマちゃん。最近、カズくんはどうしたの？」

ヤマちゃんと呼ばれた男性は、大学の後輩であるカズくんを、新卒で自分の会社に雇い入れたらしい。

カズくんは明るく頼もしい青年で、ヤマちゃんはカズくんが会社の重要な戦力になる日を楽しみにしていたそうだ。

カズくんは、入社から二年あまりは順調に過ごしていた。

しかし、カズくんが「小ぎれいで安いマンションを見つけた」と喜んで引っ越してから、状況は一転した。

ある日ヤマちゃんは、カズくんが珍しく単純なミスをして落ち込んでいると聞き、励まそうと声を掛けた。すると、カズくんは弱った声で最近よく眠れないと言い出した。その後も嫌な夢ばかり見るせいで睡眠不足が続き、やがて食欲がなくなったそうだ。日に日にカズくんは衰弱し、とうとう会社を辞めて実家に戻った。

新しいマンションに引っ越してから、わずか半年後のことだった。

ヤマちゃんは心配してカズくんの実家を訪ねた。

実家で静養していたカズくんは、引っ越した先での奇妙な出来事を話してくれた。

「殺さないで……」

そう必死に命乞いする女性が包丁でメッタ刺しにされるという悪夢で目が覚め、シャワーを浴びに風呂場に行くと、排水溝に長い髪の毛が何本も落ちていたことがあった。部屋に女性の出入りは全くないにも関わらずだ。

また、夜中に突然テレビがついたり、止めたはずのエアコンが勝手に動きだしたりすることが頻繁《ひんぱん》に起こったらしい。

そして、苦し気な女性のうめき声を聞いて目が覚めたとき、さすがにもう住んでいられないと思ったそうだ。

しかし、体は弱っていてつらいのに、なぜか引っ越す決心がつかなかった。そこで、思い切って会社を退職して、実家に帰らざるを得なくしたのだと、世話になったヤマちゃんに、申し訳なさそうに謝ったそうだ。


「まぁ……でも、マンションを離れたんなら、元気になるでしょ」

そう女将が言うと、もう一人の常連であるタカさんが「それは、どうかな……」と話に加わってきた。

「そう言えば、タカさんは、霊感があるとかって言ってたわね」

実は、タカさんは、少し前からカズくんが気になっていた。元気がなくなってきた頃から、カズくんの肩に女性らしき霊がもたれているのが見えたそうだ。カズくんをじっと見つめ、とても頼りにしているような印象だったという。

「引っ越しても、あれじゃ霊から逃れられないんじゃないかな」

タカさんの言葉に、店の中はしんとした空気に包まれた。

私はカズくんが体験した出来事に身震いがした。そして、温まったはずの心身がまたすっかり冷え切ってしまったのを感じた。

私は居酒屋を後にして、冷たい夜風の中を静岡駅に向かった。

十四　恋わずらい　浜松市

数年前、今は東京都在住のケンさんが大学四年生だった頃の話だ。

ケンさんには同じ大学に通うタクミさんという仲の良い友達がいた。

ケンさんは実家住まいで東京で就職が決まっていたが、タクミさんは地元・群馬にUターン就職することになっていた。

卒業すれば、これまでのように会うことはできなくなるだろう。ならば、今のうちに二人でいろんなところに出かけて遊んでおきたい。

そう思ったケンさんは親に自動車を借り、タクミさんを誘って、ドライブに行くことにした。

その日は天気が良く、一月にしては暖かい日だった。

行き先は特に決めていなかった。都内を出発して、なんとなく東名高速道路を西へ走ることにした。

途中、二人は浜名湖サービスエリアで休憩をした。サービスエリアの奥には浜名湖を一望できる公園があり、そこで缶コーヒーを飲んで一服した。

ケンさんはベンチに腰掛けて浜名湖を見ているうちに、その周辺を観光してみたいと思い始めた。タクミさんにそう相談すると、「久々にうなぎが食いたい」との答えが返ってきた。それが決め手となって、次の三ヶ日インターチェンジで東名高速道路を降りることにした。

浜名湖に到着すると、二人は早速うな重を堪能《たんのう》した。ふっくらと脂が乗ったうなぎは、口の中でとろけるようだ。

その後、ロープウェイに乗って景色を楽しんだり、温泉街で足湯に浸かったり……。

「今度はカノジョと来たいよな」とケンさんが言うと、タクミさんも深く頷いた。ちょうどこの時期、二人とも付き合っている女性がいなかったのだ。

浜名湖周辺で遊んでいるうちに日が落ちた。

平日だったため観光客は少なく、夕方の湖畔には二人以外誰もいない。そう思っていた。

ところがいつの間にか、水際に一人の女性が立っていた。


その女性は、ほっそりとした色白の美人で、どことなく寂しそうな雰囲気を身にまとっていた。隣を見るとタクミさんも、その女性をじっと見つめていた。

タクミさんは、女性に歩み寄ると唐突に声をかけた。そして、「一人で観光ですか?」とか「浜松の人ですか?」とか矢継ぎ早に、女性に質問をし始めた。

ケンさんは、恋愛には奥手なタクミさんが積極的に女性に話しかけていることに驚いた。

しかし、その女性はタクミさんの質問に頷く程度で、はっきりとは答えない。

さらに、タクミさんはケンさんに何の相談もなく「そろそろ帰るところだけど、良ければ送りましょうか?」と女性を誘った。

(出会ったばかりの男二人の車に乗る女性はいないだろう)とケンさんは思ったのだが、女性はこっくりと頷いたのだ。

女性の名前は「ナミ」と言った。いや、聞き取れないほど小さく「ナミ」とつぶやいたようだったので、ナミさんだと思った。

ナミさんは口数が極端に少なく、行先も「〇〇の近くへ」と、目印になるものを言うだけだった。

車中はタクミさんの独演会だった。助手席に座ったタクミさんが、後部座席のナミさんに延々と自分のことを語った。

ナミさんはと言うと、相変わらず物静かにタクミさんの話を聞いていた。

運転中のケンさんはそんなタクミさんを横目でちらちらと見ながら、「いつもはあまり話さないヤツなのに、急に人が変わってしまったかのようだ」と首をかしげた。

ナビが目的地付近への到着を告げ、ナミさんの「ここ」という言葉に従って、ケンさんは自動車を停めた。

ケンさんは「メールアドレスぐらい聞いたらどうだ」と言おうとして、助手席にいるタクミさんの方を見た。すると、タクミさんは窓ガラスに額をつけるようにして車外をじっと見ていた。
タクミさんが何を見ているのか気になったケンさんも、外に目を向けた。そして、「えっ？」と驚いた。
停まったところは、あるラブホテルの前だったのだ。

ナミさんは、黙って自動車を降りて、ラブホテルの方へ向かっていった。

ということは、男とのラブホテルでの待ち合わせのためにナミさんを送ってきたことになる。ケンさんは途端に馬鹿馬鹿しくなった。
それでもタクミさんは未練がましくナミさんの姿を目で追っていた。だが、突然「うわっ！」と声を上げた。

「どうしたんだ？」とケンさんが尋ねると、ナミさんがずぶ濡れだという。「そんなはずがない」とケンさんも振り返って確かめてみようとしたが、もうナミさんの姿はなかった。

タクミさんは確かに髪も服も濡れていたと言い続けた。

しかし、自動車から降りるまでナミさんは濡れてなどいなかった。

ケンさんには見間違いとしか思えなかったので、「もしかしたらナミさんは浜名湖で水死した女性の霊だったりして……」と冗談を言って、タクミさんを笑わせようとしたのだが……。

一目惚《ひとめぼ》れからあっという間に失恋してしまったタクミさん。さっきまでとは打って変わって気落ちしてしまい、ケンさんは見ていて心が痛くなった。

言葉をかけづらい雰囲気の中、ケンさんはタクミさんを一人暮らしのアパートまで送った。そして、「明日は学食で会おう」と約束をしてケンさんは帰って行った。

翌日、ケンさんは学食で待っていたが、タクミさんは現れない。何度携帯電話に電話しても出ないので、アパートを訪ねてみた。

タクミさんは熱を出して寝込んでいた。しかし、若い男性の大雑把《おおざっぱ》な考えで、寝てれば治るとケンさんは思った。

だが、次の日になっても、タクミさんは良くなるどころか、いっそう悪くなって苦しそうにしているので、ケンさんは急いで病院に連れて行くことにした。

タクミさんは検査を受けてそのまま入院することになった。

医師からは原因が良く分からないと言われた。

タクミさんは、病室のベッドで眠り続けて時々目を覚ますと、なぜか「ナミが待ってる」とかすれた声で途切れ途切れに言った。

ケンさんは「ナミさんがどこで待ってるんだ?」と聞いたが、タクミさんは何も答えない。

その後、タクミさんは少しずつ回復してきたものの、何を聞いても、はっきりした答えが返ってこない。しかし、しきりに「ナミ、ナミ」と言う。

群馬から駆けつけた両親は、卒業式を待たずに地元の病院にタクミさんを移すことに決めた。

ケンさんはタクミさんが地元に帰る前に、もう一度ナミさんに会わせてあげたいと考えた。

そこで、ナミさんを自動車から降ろした場所へ、また行ってみることにした。ナミさんがラブホテルへ入っていくところを確認したわけではないから、あの近くに家があったのかもしれない。それらしい家がなくても、ラブホテルで聞いてみたら何か分かるのではないかと考えたのだ。

ケンさんは一人で東名高速道路を西へ向かった。ナビに履歴が残っていたので、ナミさんと別れた場所には難なく辿り着くことができた。

しかし、ラブホテルは見当たらなかった。いや、正確には、同じ場所に同じ名前のラブホテルの廃墟があった。ケンさんは訳が分からず、呆然《ぼうぜん》と立ち尽くした。

ラブホテルが数週間やそこらで朽ち果ててしまうはずがない。いったい、どういうことなのか。

ケンさんは廃墟周辺でナミさんを探し回ったが、手がかりを掴むことはできなかった。

両親と地元に帰ったタクミさんは次第に回復していった。しかし、内定していた就職は棒に振ってしまったそうだ。

十五

友達

静岡市～焼津市　大崩海岸

ショップ店員として働く紗智子さんは、焼津市の実家からお店がある静岡市まで自動車通勤している。国道150号を使い、新日本坂トンネルを通るというのが、紗智子さんの通勤路だ。

国道150号より駿河湾側には、県道416号静岡焼津線がある。この道路も静岡市と隣接する焼津市を繋いでいる。しかし、県道416号を使うと、「大崩海岸」を通ることになる。

大崩海岸は、その名の通り、崖が崩れやすく自動車の転落事故も多い。

現在は、崩れた土砂を避けるために海の上を迂回する石部海上橋や新しいトンネルが完成したので、以前よりも運転しやすくなっている。しかし、紗智子さんはできるだけ大崩

海岸沿いを通らないようにしていた。不幸な事故が多いだけに、霊を見たなどという怖い噂を耳にするからだ。

ある日の昼休み、紗智子さんは大崩海岸にロングヘアの女性の霊が出るという話を耳にした。雨の降る日に女性のドライバーが一人で大崩海岸沿いを走っていると、友達が欲しい女性の霊に道連れにされてしまうという。紗智子さんは改めて大崩は通りたくないと思った。

噂話を聞いて数日後の夕方、母親から紗智子さんのお店に緊急連絡が入った。焼津市に住む親友の香織さんが交通事故に遭って重体だというのだ。手術には時間がかかり、輸血も必要になるかもしれない。親友と同じ血液型の紗智子さんは、もしもに備えてすぐに病院へ向かうことにした。

時刻は帰宅ラッシュが始まる頃だった。紗智子さんは焼津市の病院を目指して、自動車でいつものように国道150号を走り出した。

しばらくすると、カーラジオから交通情報が流れた。東名高速道路下り線で事故があり、静岡から焼津インターチェンジまでが通行止めになっているという。ちょうど国道150号と並行して走る区間である。

事故で通行止めとなると、焼津インターチェンジまでの迂回路として国道150号を走る自動車が増えるはずだ。いつもの帰宅ラッシュを超える渋滞が起こるのは必至だった。もし、このまま国道150号を走って大渋滞に巻き込まれたら、香織さんがいる病院に到着するまで、どのくらい遅れるか分からない。

国道150号から県道416号への分岐点が迫ってきた。紗智子さんは国道150号を進むのをやめて、思い切って県道416号へとハンドルを切った。

大崩海岸沿いを走っていると、雨が降り始めた。信号待ちで離れたのか、前後を走っていた他の自動車が一台も見えなくなった。

視界が開けると、前方左側になにやら人影があるのに気づいた。ワンピース姿の女性のようだ。しかも、彼女は左手を大きくひらひらさせながら、紗智子さんに向かって手招きをしていた。

（どうして女性がこんなところに一人で……。もしかしたら、あれは噂で聞いた……）

突然の恐怖が紗智子さんを襲った。

紗智子さんはできるだけ女性を見ないようにして、その横を通り過ぎようとした。すると、左横に立っていたはずの女性はパッと消え、行く手を阻むように、車線の真ん中に立った。しかも、紗智子さんを真っすぐ見据えて手招きしているではないか。

このままでは女性をはねてしまう。ブレーキを踏んでも、女性の手前で停止するだけの距離はない。

紗智子さんは咄嗟《とっさ》にハンドルを左へ切って、ブレーキを踏んだ。

自動車は道から左へ外れ、自動車止めのフェンスが目の前に迫ってくる。フェンスの手前で自動車は停まりそうもない。フェンスを突き破って、崖下に落ちてしまう。

紗智子さんは、手術中の香織さんに「ごめん、行けなくて」と心の中で詫びた。

すると、車線の真ん中にいたはずの女性が今度はフェンスの前に移動した。

自動車にドンッ！　と女性が当たった衝撃があった。だが、女性が緩衝材《かんしょうざい》となって、フェンスぎりぎりのところで自動車は踏み留まった。

紗智子さんは慌てて自動車を降りると、怪我をしているであろう女性を探した。しかし、見つからなかった。衝撃があったはずなのに、自動車には傷もなかった。

何が何だか分からず、紗智子さんは運転席に戻って考えた。

「女性がフェンスと車の間に移動しなかったら、車はフェンスを突き破って、海へ転落していたかも……」

そう思って、気が付いた。

「噂では、女性の霊は友達を欲しがっていると聞いた。私がブレーキを踏んだ瞬間、香織のことを思ったから、彼女は私を道連れにするのを諦めてくれたのかもしれない。なぜなら、友達の大切さが分かるから」

いつの間にか雨は上がっていた。紗智子さんは親友・香織さんのいる病院に急ぐため、自動車のエンジンをかけた。

十六　温泉婆その一　足湯　東伊豆町

都内在住の静香さんには悩みが二つある。

一つは百貨店勤務で立ち仕事のため、常に足がむくんでつらいこと。

もう一つが、交際中の恋人からプロポーズされているものの、本当に将来の伴侶《はんりょ》として選んでいいのかどうか、気持ちが揺れていることだ。

百貨店の定休日、静香さんは一人で東伊豆町に日帰り旅行することにした。足のむくみを解消したい。そして、静かな環境の下、恋人からのプロポーズを受けるかどうか考えてみたい。そんな思いからだった。

海が一望できる露天風呂で恋人との将来に思いを巡らせたり、高温サウナで足のむくみを解消したり、ミストサウナでうるおいを充填《じゅうてん》したりした。

そして昼食は落ち着いた雰囲気の客室で海鮮会席料理を堪能した。地魚のお造り、金目鯛の姿煮、あわびの踊り焼き。そして、お酒も少々。夕方には、ほろ酔い加減で旅館を後にした。

電車の時間までまだ間があったため、静香さんは温泉町をぶらぶらと歩くことにした。夜桜を眺めたり、ひやかしで、お土産物屋さんに入ったり……。

その途中、無料で誰でも浸かれる足湯を見つけた。静香さんは最後にもう一度、足湯に浸かっていこうと考えた。

平日で観光客も少なかったのか、そこには、お婆さんが一人だけいた。

「こんにちは。足湯、温かそうですね」と年配の女性客に慣れている静香さんは、お婆さんに声をかけた。

向かい合わせに座った静香さんは、お婆さんの淡い紫色に染めた髪やお洒落な服装から、都会からの観光客だと思ったそうだ。

静香さんの挨拶にお婆さんが「こんにちは。お一人なの？」と答えたことから、二人のおしゃべりが始まった。

静香さんは日帰り温泉旅行が楽しかったことを熱心に語り、お婆さんは温泉が大好きで、頻繁《ひんぱん》に伊豆の温泉地に出掛けていることを話した。

静香さんは、お婆さんが亡くなったお爺さんと六十年間連れ添ったと聞き、「結婚を決めようか迷っていて……」と、ぽろっと漏らしてしまった。

お婆さんは、一人よりも二人の方が何事も乗り越えやすいとか、お互いに頼るよりも協力し合うように心掛ければ家庭はうまく回っていくものだとアドバイスしてくれた。

優しく背中を押すような言葉の数々に、静香さんは結婚への不安が徐々に消えていったそうだ。


お婆さんの言葉で心がすっかり軽くなった静香さん。電車の時間が近づいたこともあり、「ありがとうございます。私はそろそろ行きますね」とお婆さんに別れを告げた。

しかし、お婆さんは黙ったままだ。お婆さんは静香さんが来る前から浸かっていた。なのに、先ほどよりも顔色が悪くなっているように見えた。

静香さんは心配になって「大丈夫ですか？」と尋ねた。

お婆さんはこっくりと頷いた。それを見た静香さんは安心してタオルで自分の足を拭き始めた。

そして、「また明日から立ちっぱなしだから、温泉で足のむくみが解消するのも、短い間だな」と思いながら、靴下を履いた。

すると、お婆さんは、まるで静香さんの心の声が聞こえたかのように「どうせ楽しい時も短いよ」と、さきほど楽しく話していた時とは別人のような、しゃがれた低い声で言った。

静香さんが驚いて手を止めると、お婆さんは重ねて言った。

「誰と一緒になったって、男はすぐに死んじまうよ。あんたの場合はね」

静香さんは、お婆さんの声や言葉のあまりの変わりように驚愕して、顔も上げられず、じっと動きを止めたままでいた。

その時、お湯に浸かっているお婆さんの足が目に入った。ゆらゆらと揺れるお湯のせいでよく見えないと思った。

だが、違った。お婆さんの足はお湯の揺らぎに合わせて、徐々に消えていったのだ。静香さんは怖いもの見たさで、少しずつ顔を上げていった。すると、静香さんの視線が上がっていくのに合わせて、お婆さんの膝が消え、太ももが消え、お腹が消え、胸が消え、首が消えて……。

そして、最後にお婆さんの顔だけが残った。

宙に浮かんだお婆さんの顔が静香さんに向かって意地悪そうにニヤッと笑った。

その直後、お婆さんの顔はまるでお湯に揺らぐようにぐにゃりと崩れて、完全に消えていってしまった。

十七　温泉婆その二　寝湯　伊東市

転勤の多い夫と二人暮らしの敦子さんは、半年前から三島市に住んでいる。子どもたちも成人して独立したので、引っ越しを機にパートの仕事を辞め、専業主婦となった。自由な時間がたっぷりある敦子さんは、日帰り温泉施設に行くのが目下《もっか》の楽しみ。熱海、伊豆、富士、浜松と全域にわたって多数の温泉施設が存在する静岡県は、まるで天国のようだと敦子さんは語る。自ら自動車を運転し、全ての温泉施設を制覇しようと張り切っている。

雨がぱらつく日のことだった。敦子さんは一人、伊東市の日帰り温泉施設に出掛けた。平日なので来館者はまばらだった。特に雨の影響で露天風呂には誰も入っていなかった。敦子さんは、施設内にいくつか存在する露天風呂の中でも、浅くお湯がぬるめの風呂に仰向けに寝そべって入る「寝湯」が気に入った。ここは、一人分ずつ寝そべることができるスペースに区切られていて、並んで数人が入れる。

敦子さんはその真ん中に陣取って、備え付けの枕に頭を乗せた。そして、時々落ちてくる雨粒を避けるため、タオルで顔を覆《おお》った。

寝湯で気持ちがほぐれてきた敦子さんは、将来のことを考え始めた。すでに五十代半ばを過ぎた敦子さんにとって、老後の暮らしも気になるところだが、それ以上に夫の一族と同じお墓に入ることが悩みの種だった。

近頃は「夫婦別墓」を望む女性も多いと聞く。あまり気の合わない夫の両親とは別々のお墓に入りたいと、どこかのお寺に自分の永代供養を頼めないか、考えていたのだ。

しばらくすると、隣に人が入ってきたようだ。顔にかけたタオルのせいで見えないが、お湯の揺れで分かった。

お隣さんは風呂に寝そべって落ち着くと、「良いお湯ですね」と声を掛けてきた。

敦子さんがタオルをちょっと持ち上げて隣を見ると、白髪を淡い紫色に染めた、上品な感じのお婆さんだった。

敦子さんが「気持ちの良いお風呂ですよね」と答えると、お婆さんは温泉巡りが楽しみで、元気なうちにたくさん行きたいのだと話し始めた。

自分と同じ趣味を持つお婆さんと敦子さんは意気投合。あちこちの温泉話に花が咲いた。

話が温泉から逸れて、お婆さんの亡くなった夫の話になった。六十年間連れ添って、看取った後は先祖代々のお墓に入った。「私が来るのを待ってくれているのよ」とお婆さんは言う。敦子さんはお婆さんが夫や親戚の人達と仲が良かったのだなと思った。

ふと敦子さんは「実は、私、夫とは一緒のお墓に入りたくないんです」とお婆さんに相談した。

すると、お婆さんは「お墓に魂はいないのだから、こだわることはないわよ」と言った。そして、「魂は自由だし、お墓は次の世代の人たちが扱いやすいように一つだけで良いのでは」などとアドバイスしてくれた。

その言葉に、敦子さんは肩の力が抜けた。「夫婦別墓」にこだわることはないのかもしれないと思い始めた。

そして、もしかすると、あの世も寝湯のように、ゆったりと温かいところかもしれないなと、穏やかな気持ちになったそうだ。

すると、突然お婆さんが、まるで敦子さんの心の中を覗いたかのように言った。

「そりゃあ、あんたが極楽に行けたらの話だよ……それじゃ、お先に」

先ほどとは打って変わったような、低いしゃがれ声だった。

敦子さんは驚いて、顔からタオルを外して隣を見た。しかし、お婆さんの姿はない。慌てて起き上がり、辺りを見回したが、それでもお婆さんの姿は見えなかった。

敦子さんは、せっかくのくつろいだ気分を取り戻そうと、もう一度寝湯で横になった。そして、お婆さんはいったいどこへ消えたのか、最後の言葉はどういう意味なのかと敦子さんは考えた。

その時いきなり、意地悪くニヤッと笑ったお婆さんの顔が現れ、敦子さんの顔の間近から逆さまに見下ろして言った。

「お先にね。地獄で待ってるよ」

その直後、お婆さんの顔はまるでお湯に揺らぐようにぐにゃりと崩れて、完全に消えていってしまった。

十八

温泉婆その三
高温サウナ室
浜松市

浜松市に住む会社員のさやかさんは、一日かけて自分を磨くため、有給休暇をとって市内の日帰り温泉施設にやってきた。

たっぷり温泉に浸かって、エステルームでフェイシャルのコースを受け、垢すりも予約した。ついでにネイルケアも頼もうかと考えている。

そんなさやかさんが一番気になっているのは、自身の太めの体型。そのため、今回の目玉となるのは、高温サウナで汗を流すことだ。一日だけのサウナ入浴でやせるとは思っていないのだが、たっぷり汗を流せばむくみが取れて、多少締まって見えるのではと期待している。

それほど自分磨きに一生懸命なのは、意中の男性がいるからだ。明日はその男性を含めた男女六人で、いちご狩りに出かける予定になっている。

いちご栽培では百年以上の歴史がある静岡県に生まれ育ったさやかさん。子どもの頃は、しょっちゅう、いちご狩りに出かけていた。しかし、社会人となってからは仕事で忙しくなり、すっかりご無沙汰。そのため、久しぶりのいちご狩りを楽しみにしていた。そして、それ以上に楽しみにしていたのが、意中の男性にまた会えることだった。

その男性がどんな女性が好みか、まだ分からないのだが、大半の男性はほっそりとしていて、スタイルの良い女性が好きなはずだと、さやかさんは思っていた。

さやかさんは高温サウナ室のドアを開けた。熱いところは苦手なのだが、十五分間は頑張るつもりだ。

中に入ると、熱気が顔に当たり、思わず息を止めた。熱くなっている床を爪先立ちで歩いて、木製のベンチに腰を下ろした。

止めていた息を吐き出すと、すぐに熱気が肺に流れ込んで、十五分持つだろうかと不安になった。

さやかさんの斜め向かいに一人、先客がいた。その女性は頭からタオルをかぶって顔は見えない。だが、小柄で整ったスタイルをしている。

さやかさんは、素直にうらやましいなと思った。自分もあのくらい華奢《きゃしゃ》な肩、くっきりした鎖骨、くびれたウェストになれたら……。

さやかさんがため息をついた時、その女性はタオルを取り去った。すると、スタイルや肌の張りとは、およそアンバランスな高齢の女性が現れた。

白髪を淡い紫色に染めていて、上品な雰囲気はあるのだが、どう見てもお婆さんと呼ぶのにふさわしい年齢に見えた。

さやかさんはそのギャップに驚いて、年をとってもきれいな体を保っている人もいるのだなと、しみじみ眺めてしまった。

すると、さやかさんの視線に気づいたお婆さんが、「何か？」と問いかけてきた。

さやかさんは、じろじろ見ていたことがとがめられたと思って、

「お年のわりに抜群なスタイルなので、つい……あっ！　すいません。お年のわりに、なんて……」

と、うろたえて失礼なことを言ってしまった。さやかさんの体から、どっと汗が噴き出してきた。

お婆さんは上品に微笑んで「いくつになっても褒められるのはうれしいわ」と言った。

お婆さんの優しそうな雰囲気にホッとして、さやかさんは思わず「太っているのを気にしているものだから……」とつぶやいた。

その言葉を聞き逃さなかったお婆さんは「若くてきれいなのだから気にしないこと」と言ってくれたのだが、さやかさんは「意中の男性も細くてスタイルの良い女性が好きなはず」と力なく打ち明けた。

お婆さんはさやかさんを勇気づけるように、自分の話をしてくれた。

お婆さんも若い頃は太っていた。そして、そんな自分の体型にコンプレックスを感じていた。

だが、亡くなった夫からは「妻がやせていると貧乏に見えるから、そのままでいてくれ」と言われたそうだ。

お婆さんはそういうものかと納得した。

しかし、それから数年経って、一緒にテレビを見ていた義妹がふと「兄は女優の○○さんが理想の女性って言ってたわね」ともらした。

その女優さんは、ほっそりした女性だった。そのため、夫は太めであることを気にする自分を気遣ってくれたのだとお婆さんは思った。

それから十年余りが過ぎ、夫は好みの女優さんのほっそりした体型が好きなのではなく、はっきりした物言いが好きなのだということを知った。夫は見かけよりも内面を重視していたのだ。

そんな夫と連れ添うことができて、本当に良かったとお婆さんは思ったという。

「あらっ、のろけちゃったわね」

お婆さんは茶目っ気たっぷりに言って、また上品な笑いを浮かべた。そして、「外見だけで好みを決める人ばかりではない。自分が自信を持ってできることを、もっと磨いた方が魅力的な女性になる」と言った。

さやかさんは、なるほどと納得できた。アピールするポイントを取り違えていたのかもしれない。

気が付くと、目標の十五分をとっくに過ぎていた。お婆さんの話に聞き入っていたのだ。

さやかさんは大量の汗をかいて、身体だけでなく気持ちまで引き締まったような気がした。

さやかさんは、「素敵なお話、ありがとうございました。お先に失礼します」と丁寧に言って立ち上がると、ちょっとふらついた。長く居過ぎたようだ。

そして、サウナ室のドアに手をかけたとき、背後から声が聞こえた。

「だけど、あんたの意中の人は見た目第一だよ。気の毒にねえ。ほっそりした女しか好きじゃないってさ」

聞いたこともない低いしゃがれ声に驚いて、さやかさんは振り返った。

するとお婆さんが先ほどとは正反対の意地悪そうな顔つきで立っていた。そして手に持っていた手桶の水を、サウナストーンにザバッと掛けた。

大量の湯気が一気に上がる。

お婆さんは、自分の体にも水を掛けたかと思うと、「ふぇっふぇっふぇ」と下品な笑いを響かせながら、白い湯気となって消えてしまった。

目を見開いたさやかさんは、悲鳴も上げられず、やっとの思いで重たいサウナ室のドアを押し開けた。

一歩外へ出ると遠くに見えた温泉のスタッフに何かを叫ぼうとした。だが、膝から床に崩れ落ちて行った。さやかさんは目を閉じる瞬間に思った。

「完全にのぼせた……」

十九　傷

静岡市

今回、静岡の怖い話を収集するにあたり、静岡在住のライター・政美さんに取材の協力をお願いした。


政美さんは脳梗塞で倒れたお母さんの介護をしながら働いている。

お父さんは二十数年前に突然の病で亡くなってしまった。そのため、「お父さんをいたわってあげられなかった分も、お母さんを大事にしたい」と政美さんは言う。

とはいえ、介護と仕事の両立は思った以上に大変で、寝不足でつらいこともあるそうだ。

そんな時にお母さんからわがままなことを言われると、優しく笑ってばかりもいられない。

と、ため息をつくこともあった。

ある日の夜半過ぎ、政美さんはいつものようにパソコンに向かって仕事をしていた。静岡県の心霊スポットに関する資料整理だ。

仕事用のパソコンの隣には、もう一台小さめのノートパソコンを置いている。隣の部屋で寝ているお母さんの様子をウェブカメラで確認するためだ。お母さんに何か異変があった時は、すぐに隣の部屋に駆けつけられるようにしている。

ふとお母さんが映るパソコン画面を見ると、赤く光るオーブ（火の球）が三つ浮かび上がってきた。

政美さんは驚いて、一瞬息を止めた。

オーブはお母さんの胸元でゆらゆらと揺れて、しばらくすると、一つ、また一つと消えていった。

「疲れていたので、見間違えたのかも」政美さんはそう思うことにした。

翌日のことだった。政美さんはお風呂に浸かった時、ふと右肩に視線を向けた。すると、一筋の傷ができていることに気が付いた。傷には血が出て固まった痕《あと》があり、赤い線になっている。

政美さんは不思議に思った。これだけの傷ができるなら、いつどこでなぜできたのか、覚えがあるはずだ。しかし、思い当たる節が全くない。

介護でお母さんを抱き起こすことがあるので、肩が凝ることがある。だが、肩凝りと傷の跡は関係ないだろう。

それからの政美さんは、その不思議な傷が気になってお風呂に入るたびに見ている。しかし、全く消えないそうだ。それどころか、赤い線は徐々に太くなってきているという。

政美さんは、この本の仕事に関わったからではないかと考えているようだ。そして、「仕事上で起きた霊障だったら、労災かな」などと冗談めかして言った。

実は、オーブの色には意味がある。一説によると、赤い色は霊の怒りの表れだそうだ。とすると、霊の怒りが政美さんの肩に傷をつけたのだろうか。

そのことを政美さんに告げると「母に優しくしてやれという、亡くなった父の啓策なのかも」と自分に言い聞かせるようにつぶやいた。

介護と仕事で一生懸命な政美さんに対して、「霊の怒り」などと申し訳ないことを言ってしまった。私は政美さんに詫びた。

この本が出版される頃には、政美さんの傷が完治していることを願う。

二十

洪水

伊豆の国市　韮山火葬場跡

響子さんは沼津市で小規模な事業を営んでいる。売り上げも徐々に増え、経営は順調だった。

ある日、新しい顧客に急ぎの書類を届けることになった。自動車で伊豆の国市まで行くのだが、夕方には激しい雨になるという予報が出ていた。時刻はすでに午後三時過ぎ。できれば後日に変更するか、郵送にしたいところだが、その日中に届けてほしいというのが顧客の希望なので、挨拶がてら出かけることにした。

自動車なら雨でも不便はなさそうに思うが、響子さんは運転が苦手で、視界の悪い日はなるべく運転したくないのだという。

向かった顧客は幹線道路から路地に入った個人宅。行きは小雨程度だったので、運転に支障はなく、何度か路地を曲がって到着した。

用事を済ませての帰り道、顧客宅が新しい家の多い住宅街にあったことが災いした。玄関を出ると、右も左も似たような造りの家々が続いていた。そのため、響子さんは来た方向へ戻ったつもりで、反対方向へ行くという勘違いをしてしまった。

なかなか幹線道路が見えてこない。響子さんは、顧客宅がこんなに遠かっただろうかと考えたところで、道を間違えたことに気付いた。

雨は予報通りどしゃ降りになり、そのせいで、いつもより早く日が暮れた気がした。

誰かに道を尋ねようにも、大雨だから歩く人もいない。

響子さんは、何とか来た道を戻ろうとして、記憶を頼りに走っては路地を曲がる行為を繰り返したところ、丁字路に出てしまった。前方は行き止まりで、左右どちらかにしか進めない。

響子さんはどうしたものか、自動車を停めて考えた。周囲は真っ暗で、街灯も民家の灯りもない。建物も見えないので、どうやら田んぼか畑に囲まれた農道に入り込んだらしい。

ただ、右手にはフェンスがあり、その中は広場のようなものがあることが、なんとなく分かった。

前を見ると、高速で動くワイパーの隙間から遠くに灯りが動いているのが見える。あれが幹線道路だろうと響子さんは思った。

とりあえず左右どちらかに迂回するしかない。道幅の狭い農道でUターンするのは響子さんには無理そうだ。

左右どちらも暗闇であったため、方向を決めかねていると、自動車のライトで人が歩いているのが見えた。ずぶ濡れで、とぼとぼと歩く初老の女性。農作業の時に着るような服装だ。畑の状態を心配して見に来たのかもしれないと、響子さんは思ったそうだ。

どしゃ降りの中で足を止めさせるのは申し訳ないが、窓を四分の一ほど下げて、幹線道路に行くにはどちらへ行ったら良いかと尋ねた。

初老の女性は無言で、ふらっと体を揺らすような動きで右の方を指差してくれた。疲れているような雰囲気だったので大丈夫だろうかと響子さんは思ったが、そもそも、どしゃ降りの中で元気なはずがない。

響子さんはお礼を言って、教えられた方へ自動車を走らせた。

相当に広い農地なのか、いくら走っても一向に幹線道路には出ない。分かれ道もなかったので、ほぼ道なりに走っているはずなのに、また丁字路に着いた。さきほど初老の女性に道を尋ねた場所のように思える。

どしゃ降りの雨が自動車の天井を叩く音も手伝って、響子さんを大いに不安にさせた。

すると、また人が歩いてきた。ゆっくりと足を引きずるように歩く男性……らしい。泥だらけでよく分からない。

響子さんは地獄に仏と、窓を少し降ろして幹線道路への道を聞いた。聞いた相手は男性らしいが、ルームライトでどうにか見えた顔にちょっと引いた。

その人はどういう訳か、どしゃ降りの雨の中だとしても、表情が分からないくらい顔まで泥だらけだったのだ。

泥だらけの男性は、ゆっくりと右の方へ腕を上げてくれた。

響子さんは不安と気味の悪さで「どうも……」というのが精一杯で、自動車を発進させた。

しかし、今度も道なりに進み、曲がったり、回ったりなどしていないのに、再び先ほどの丁字路に戻ってしまった。

響子さんは同じ所で、さ迷っているのかと怖くなった。遠くの方には、相変らず幹線道路の灯りが見える。

しかし、響子さんは気が付いた。先ほどの道とは全く様子が違うことに。

行き止まりで道が切れていた農道は、今は水に覆われて見えなくなっている。大雨で排水しきれない水が道へ溢れているのだろう。

響子さんの不安が一気に大きくなった。停車していてもワイパーが役に立たないほどの雨と、溢れる水を見て、幼い頃の記憶がよみがえってきたのだ。

一九七四年、響子さんが小学校へ上がる前の年だった。当時、響子さんは静岡市に住んでおり、「七夕豪雨」と呼ばれる大水害を体験していた。七月七日に台風八号と梅雨前線の影響で降った大雨が死者四十四名、住宅全壊二四一戸、そして多くの浸水被害をもたらしたのだ。

響子さんの家も一階が床上まで水に浸かった。

父親のいない母子家庭。母親は夜勤のある仕事で留守にしていた。響子さんはお祖母ちゃんと二人、二階に上がって心細さに震えていた。お祖母ちゃんは足が悪く、水の中を歩いて避難するのは難しい。
響子さんは、どこまでも水かさが増えてくるように思って、とても恐ろしかった。

今、自動車の周りではどんどん水かさが増して、まもなく自動車の床辺りまで水に浸かりそうに見える。響子さんは七夕豪雨の時と同じように、心細くて怖くなった。
自動車は水のせいでエンジンが止まって動けなくなるだろう。水かさがもっと増えれば、ドアも開かなくなるはずだ。しかし、七夕豪雨でもそうだったように、雨が止んで時間が経てば水も少しずつ引いていく。このまま、もうしばらく留まって様子を見ようか。響子さんはどうするべきか悩んだ。

その時響子さんは、七夕豪雨の時の母親の姿を思い出した。響子さんとお祖母ちゃんのところへ、バッグを頭の上に乗せた母が、ひざ上まで水に浸かりながら歩いて帰って来てくれたことを……。ざぶざぶと歩いてくる母の姿が二階の窓から見えた時は、とてもうれしかった。

響子さんは、水の中を歩いて行こうと決意した。大事な物を上着の内側に抱えた。傘は役に立ちそうもないが、足元が見えないから、杖がわりに持った方が良いかもしれないと思った。

強い雨に打たれる覚悟を決めて、勢いよく自動車のドアを開けた響子さん。勢い余って転がり出るように、車外へ飛び出した。

すると、どういう訳か、あんなに降っていた雨がぴたりと止んでいた。道路一面を覆っていた水も、跡形もなく引いていたのだ。

響子さんは呆然としながら、しばらく遠くに見える幹線道路の灯りを眺めていたそうだ。

その後、初老の女性と泥だらけの男性が教えてくれた方向へ走ると、難なく幹線道路にたどりついた。

響子さんは沼津市の自宅を目指して運転しながら、さきほどのことを考えた。大雨で七夕豪雨の思い出がよみがえり、幻を見たのだろうかと……。

数日後、伊豆の国市の顧客宅へ、また行くこともあるかもしれないと思い、自分がどこをさ迷っていたのかを調べてみた。

すると、自動車を停めていた辺りは「韮山火葬場」があった場所だと分かった。一九五八年九月二十六日。狩野川流域を中心に、死者七〇一名という大きな水害が起こった。その原因となった台風は、「狩野川台風」と呼ばれている。韮山火葬場は、水害の犠牲者の火葬に対応するために作られた火葬場で、今は取り壊され、フェンスで囲まれた跡地には慰霊碑が立っているそうだ。

響子さんは、道を教えてくれた人たちは、狩野川台風の犠牲者の霊だったのかもしれないと思った。

七夕豪雨のトラウマによる幻ではなく、本当に霊体験をしてしまったようだと知って、改めてぞっとしたそうだ。

狩野川台風や七夕豪雨による水害は、遠い昔のことのように思える。しかし、最近はゲリラ豪雨という言葉を頻繁に聞く。

今日までは大丈夫でも、明日はどうなるか分からない。犠牲を払った過去の災害の教訓を忘れてしまってはいけない。響子さんの話を聞いた私はそう思った。

二十一　白いワンピースの女

静岡市の歩道

敏子さんは、静岡市で気ままな一人暮らしを楽しんでいた。

そこに、横浜で家庭を持っている娘のアヤさんが、孫娘・ハルナちゃんを連れてやって来た。アヤさんは、ハルナちゃんを田舎でのびのびとさせてやりたいので、長めの里帰りをしたと言ったそうだ。

ハルナちゃんは赤ん坊の頃は活発だった。だから、幼稚園でも元気に遊んでいるのだろうと敏子さんは思っていた。ところがアヤさんによると、ハルナちゃんは幼稚園では一人でいることが多いそうで、しかも、家でも元気がないのだとか。

敏子さんはハルナちゃんのことが心配になって、いろいろなところに連れて行き、元気に遊ばせたいと思った。

敏子さんは、翌日から毎日、静岡市内の海、川、美術館、動物園などに連れて行った。ハルナちゃんはどこに行っても楽しそうにしていたが、そのうち、お気に入りの場所ができた。それは家から自動車で二十分ほど行った山の中腹にある自然公園だった。遊具などはないが、ハルナちゃんは「木や草がたくさんあって、広いから大好き」と言った。敏子さんは「都会の子は自由に野の花を摘んだりできるところが、楽しいのかもしれない」と思ったそうだ。

公園ではよその子どもと一緒に遊んだり、敏子さんやアヤさんが相手をしたりすることもあったが、たいていはハルナちゃん一人で過ごしていた。

ただ、原っぱで遊ぶハルナちゃんを遠くのベンチから見ていると、想像の友達とはしゃいでいるのか、笑い声を上げたり、何か楽しそうに話したりしていることもよくあったという。

敏子さんとしては、もっと子どもの集まるところに連れて行った方が良いかもと思ったのだが、「公園に行こう！」とハルナちゃん本人が毎日元気に誘ってくるのだった。

アヤさんとハルナちゃんが二人で公園へ行った日の夕方のことだった。敏子さんは公園

から帰ったばかりのアヤさんに、

「昔、私が気に入っていたよそ行きの白いワンピース、お母さん、大事に取ってあったよね？」

と聞かれたそうだ。

敏子さんは取ってあったはずだと思ったが、そんなに古い物をどうするのかと尋ねた。するとアヤさんは、ハルナちゃんが白いワンピースを着て公園へ行きたがっていると言うのだ。アヤさんはハルナちゃんにどうしてもと言われて、古いワンピースのことを思い出したそうだ。

敏子さんは「ハルナにはちょっと大きいかもしれんね。直してあげようね」と言いながら、立ち上がった。敏子さんが押し入れを開け、ワンピースを探していると、アヤさんがその日の出来事を話してくれた。

ハルナちゃんは公園で「お姉ちゃんに出会って、何度も一緒に遊んでいる」とアヤさんに言ったそうだ。しかしアヤさんは、その少女に会ったことがなかった。

ハルナちゃんによると、少女は公園の入り口ではなく、いつも反対の方向から歩道橋を渡って来るのだという。その方向には公園の脇を通り過ぎる道路があるだけ。そこから、公園には入れないはずだ。アヤさんは不思議に思って、いつもは自動車で通らない公園の脇の道を、帰りに走ってみることにした。

その道を走って、公園の入り口とは反対の辺りまで来ると、確かに古びた歩道橋がぽつんとあった。車を止めて辺りを見回したが、近くに民家もないし、公園へ入れそうな場所も見当たらなかった。

アヤさんが自動車を発進させようとすると、後部座席にいたハルナちゃんが、うれしそうな声で言った。

「あっ！　お姉ちゃんがいた！」

アヤさんも外を見たが、誰もいない。

「ほら！　歩道橋の上だよ。お姉ちゃ～ん」

ハルナちゃんは手を振って呼んでいるのに、アヤさんにはどこにいるのか分からなかった。

「白いきれいなワンピースを着ているお姉ちゃん。歩道橋を渡って公園へ行くところだよ。あたしも一緒に行きたいな」

そうはしゃぐハルナちゃんに、今日はもう帰ろうと言い聞かせて、家に戻ってきたそうだ。

敏子さんはアヤさんの話の途中から、古いワンピースを探す手を止めていた。そしてアヤさんに「その子がハルナに、白いワンピースを着て、一緒に遊びに行こうって言ったんだって。お母さんはその女の子に会ったの？」と聞かれると、ぴしゃりと言った。

「公園へ連れて行くのは止めなさい！」

敏子さんは自分でも驚くくらいにきつい声を出したので、戸惑ったそうだ。

アヤさんも驚いて理由を聞いたが、敏子さんは話す気になれずに、とにかく止めなさいと繰り返したという。

それでも納得しないアヤさんに敏子さんはこう言った。

「やっぱりハルナは友達が欲しいんでしょ。今時は休みの日も幼稚園の友達と親子で出掛けたり、公園で母親同士が仲良くしたりするんでしょ？　親ぐるみの仲良しができれば寂しくないいんじゃないの」

すると、今度はアヤさんが黙り込んでしまった。

実は、敏子さんは、アヤさんがパートの仕事も辞めて、長い里帰りをしているのは、ハルナちゃんのためだと言っても何かおかしいと感じていた。

しばらく沈黙が続いた後、アヤさんは抱えていた問題を、ポツリポツリと敏子さんに打ち明け始めた。

アヤさんは、ハルナちゃんが幼稚園に入園してから、ママ友たちとも上手く付き合っていきたいと思っていたのだが、苦労が多かった。子どものことや生活のことで何かと比較するママ、人の悪口が好きなママ、やたらと頼みごとの多いママなど、様々なママと出会った。ハルナちゃんのためと思って耐えなければならないにしても、アヤさんには気苦労の多い経験だった。そのうち、ちょっとした行き違いが原因で、ママ友たちのボスとうまくいかなくなった。それがきっかけとなって、アヤさんはママ友同士の付き合いをやめてしまったのだという。

敏子さんは、ハルナちゃんが、そんな母親の心を察して、友達と遊ばない子になったのだろうと思ったそうだ。ハルナちゃんに友達ができないのではなく、アヤさんのために我慢していたのではないか。

敏子さんは「娘も孫娘もかわいそうでつらい」と、心が痛んだ。

そして、敏子さんは思い切って歩道橋と白いワンピースの少女のことを話すことにした。

あの道はオートバイや自動車で暴走するのが好きな「走り屋」と呼ばれる人たちがやってくる。そこで、たまたま道を横切ろうとした女の子が跳ねられて亡くなったという噂話がある。

また、真偽の程は不明だが、女の子を亡くした両親が供養のために歩道橋をつくるように役所に掛け合ったという話も流れている。

ただ、歩道橋を渡る人はないのだろう。階段の周りは丈の高い草に覆われて、忘れ去れたようなありさまになっている。

歩道橋の近くでは自動車同士が追突したり、オートバイが転倒したり、事故がよく起こるらしい。そして、そこには白いワンピースを着た少女の霊が立っていたとの怪情報が絶えない。

敏子さんの話を聞いたアヤさんは、顔色を変えて言った。

「それじゃ……ハルナが友達になったのは幽霊なの？　もしもそうだったら……ハルナが

一緒に行ってしまうようなことになったら……絶対にダメよ！」

敏子さんも同じことを考えたのだ。だから、もう公園へは連れて行かないようにとの警告を込めて、幽霊話をしたのだった。

二人は、ハルナちゃんにはワンピースはなかったと伝えると決めたそうだ。

白いワンピースで公園へ行くんだと言って、泣き叫ぶハルナちゃんをなだめるのは大変だった。ハルナちゃんが、

「お姉ちゃんが、白いワンピースを着て、お花がいっぱいのところへ行こうって言ったんだよ」

そう言うのを聞いた時、敏子さんもアヤさんも一気に血の気が引いた。

敏子さんは夏休みで混雑する伊豆の民宿で、やっと空き部屋を見つけ、「きれいなお魚のいる海へ行こう」と言って、なんとかハルナちゃんを連れ出した。

伊豆から戻ってからは、天気の悪い日が続き、ハルナちゃんは公園のことは諦めかけていたようだった。

ある日、敏子さんは、アヤさんから思い切って幼稚園のママ友に連絡をしてみたと言われた。その後、アヤさんがハルナちゃんに向かって「そろそろ東京に帰ろうか。お友達のママから、一緒にプールで泳ぎませんかって誘われたよ」と話す声が耳に入ってきた。ハルナちゃんは、とても喜んでママと帰って行ったので、敏子さんもホッと胸をなでおろした。

その後はアヤさんも、ママ友とほどほどの付き合いができるようになったらしい。
「ハルナが霊と一緒に他の世界へ行ってしまうのも、母親に気を遣って世界を狭くしてしまうのも絶対にダメだと、覚悟を決めて立ち向かったんじゃないかしら」
敏子さんはそんな言い方をしていた。

月日は過ぎ、ハルナちゃんも活発な女の子に戻って、今は小学校に通っている。敏子さんは夏になると歩道橋の少女のことを思い出して、毎年花を供えに行くそうだ。

二十二　誘う声

城ヶ崎海岸　伊東市

「城ヶ崎海岸」はごつごつと荒々しい岩肌の断崖絶壁が連なる岬。サスペンスドラマのラストシーンによく使用される岬と言えば、その風景が目に浮かぶ人も多いのではないだろうか。

伊東市に住む明さん・美津江さん夫婦は、東京から遊びにきた大学生の姪・慶子さんを連れて伊東市の観光スポットを案内した。一碧湖、大室山、小室山と車で回って、最後に城ヶ崎海岸を訪れた。

明さんは、岬近くの駐車場に車を止めた。駐車場から断崖絶壁の海に架かる「門脇吊橋」

までは、歩いてわずか一、二分。手軽に秘境気分が味わえるのも、城ヶ崎海岸の人気の秘密かもしれない。

門脇吊橋は長さ四十八メートル、高さ二十三メートル。吊橋の上から荒々しい海を見下ろすのはスリルがある。

デジカメを持っていた美津江さんは、吊橋の上ですれ違う観光客に頼んで、三人の記念写真を撮ってもらった。

吊り橋を渡り終え、整備された遊歩道から海側へ逸れると、火山岩の岩場を歩いて断崖絶壁ぎりぎりまで行くことができる。しかし、岩場はごつごつとした凹凸《おうとつ》が無数にあり、足を置く程度の平らな隙間さえもない。そのため、バランスが取りづらくて歩きにくい。しかも、崖には柵もない。バランスを崩し、海へ落ちたら命も危ない場所なのだ。

しかし、断崖絶壁近くまで行けるとなると、迫力のある写真を撮りたいと思うのが人の気持ちというもの。美津江さんは明さんにデジカメを渡し、女性二人が履いている靴では岩場は歩けないので、代わりに断崖絶壁から見える海の写真を撮って来て欲しいと頼んだ。

吊橋から真下の海を撮影しただけで十分だろうと、明さんは断った。

だが、美津江さんは「それなら自分で行くからいい」と言い出した。

後で美津江さんに岩場で足をひねったとか、靴がボロボロになったとか、文句を言われると厄介だ。明さんはしぶしぶ引き受けることにした。


明さんは岩場を慎重に歩いた。立ち止まって振り返って見ると、吊橋のたもとにいた二人は、手を振り回して「もっと崖っぷちに近づけ」と言っているようだ。二人の声が微《かす》かに明さんの耳にも届いた。

「もっと。もっと向こうへ」

仕方なく崖に近づく明さん。

すると、「もっと向こうへ」と言う声が、今度は先ほどよりも大きくはっきりと聞こえてきた。

不思議に思った明さんがちらりと振り向くと、二人はさらに激しく腕を振り回していた。言われたとおりに、明さんは一歩ずつおそるおそる崖に近づいた。

いよいよ崖のへりが見えてきた。明さんは少し岩が平らになっている場所を見つけ、慎重に両脚を乗せた。これ以上は先に進めない。

にも関わらず、「もっと向こうへ」という声が相変らず聞こえてくる。

明さんは「ふざけるな」と思いながらも、美津江さんの希望をさっさと叶えて、引き返そうと思い、断崖絶壁をのぞき込んでデジカメを構えた。

すると、「もっと〜。向こうへ飛んで〜」と声が聞こえたそうだ。と同時に、明さんは意識が遠のくような感覚になり、体がすうっと下がって行った。

気付くと、しゃがみ込んで、両手は左右の岩をしっかりと掴んでいたそうだ。崖下に目をやると、美津江さんから預かった白いデジカメが海を目がけて落ちて行くのが見えた。

気分が悪くなった明さんは、やっとの思いでその場を離れた。

美津江さんと慶子さんは岩で靴が傷むことなど忘れ、明さんに駆け寄った。そして明さんをこっぴどく叱った。

二人は「これ以上、崖っぷちに近寄るな、戻れと、何度も言ったのに……。どうしてあんな危険なところまで行ったの！」と激しい剣幕でまくし立てた。それは、明さんが聞いていたのとは、正反対の言葉だった。

城ヶ崎海岸では、断崖絶壁から転落する事故が後を絶たないそうだ。中には、明さんのように、正体不明の女性の声に誘われる人もいるのかもしれない。

明さんはすんでのところで命拾いしたが、女性の靴二足とデジカメを購入するはめになってしまった。

二十三　廃墟ホテル

東伊豆町

亮太さんには霊感がある。そのため、時々、霊が見えてしまうことがあった。

いや、時々ではなく、本当は頻繁に見ているのかもしれないという。なぜなら、たいていの霊は普通に人の姿をしているので、霊とは気付かないこともあるからだそうだ。

なるほどそうかもしれない。下半身がぼやけていたり、宙に浮かんでいたりしているのならば、一目見ただけでおかしいと感じるだろう。

しかし、顔色が悪いぐらいでは不審に思わないし、季節外れの服装なら変わった人がいるなと思う程度だ。

そのため、亮太さんは自分が見えている人が他の人には見えていないと知った時に「あれは霊だったのか……」と気付くのだという。

東伊豆町に所在する会社に勤務する亮太さんは、熱海市、伊東市、東伊豆町と、広い範囲に会社の製品を届ける部署にいる。長年、温泉地を自動車で移動しているため、ホテルや旅館の変わりゆく様子も散々目にしてきた。経営不振のホテルが経営者の交代で見事に再生したり、逆に倒産後に買い手がつかず荒れ果ててしまったり……。

亮太さんがよく通る道沿いにも廃墟化したホテルがある。何者かによってドアを壊され、窓ガラスを割られ、壁には落書きをされたまま、放置されている。亮太さんはかつてのホテルの盛況ぶりを知っているために、通るたびに物悲しい気持ちになることもあるそうだ。

亮太さんはその廃墟ホテルの中に、時々人がいるのを見かけた。バーベキューをするグループや廃墟探検に訪れた若者などだ。もちろん、彼らは生身の人間に間違いない。

ある日、亮太さんは二階の窓の近くに佇《たたず》む中年男を見かけた。最初は彼のことをホームレスかと思ったそうだ。

だが、社内で「廃墟ホテルにホームレスが住みついている」と話題にしたところ、同じ道路を何度も通っている同僚は「そんな奴、見かけたことがない」という。亮太さんは不審に思った。

翌日も亮太さんは廃墟ホテルのある道を通った。すると、茶髪にアロハシャツを着た若者三人が自撮り棒を使って、写真を撮っていた。ホテルの壁の落書きの前でポーズを決めている。

若者達の真横には、あの中年男が立っていた。彼らとは随分距離が近い。しかし、彼らは一向に気にしていないようだ。中年男と若者達が知り合いとも思えない。その様子を見た時、亮太さんは「ああ、あれは、おそらく霊だな」と思ったという。

ある日納品ミスがあり、亮太さんは納品先まで二往復することになった。それがたまたま一番遠い得意先だったため、帰りには辺りがすっかり暗くなってしまった。

帰り道を急ぐ途中、廃墟ホテルの近くに差しかかった。できれば霊は見たくない。そのため、廃墟ホテルから目をそらしていたのだが、怖いもの見たさだろうか、近づくとつい視線を向けてしまった。

二階の窓際には、あの中年男が立っていた。いつもより背が高く見えたのは、どうやら男が台のような、何か物の上に乗っているかららしい。そして、手にはU字型に垂れ下がるロープのようなものを持っていた。

亮太さんはすぐに車を停めた。車中から見上げると、思った通り、その男は首を吊ろうとしていた。

救急車か警察を呼ぼうとして携帯電話を取り出した。だが、それでは間に合わないだろう。急いで二階へ行って止めなくてはと思い、車のドアに手をかけた。

しかし、相手は霊だ。霊なら死のうとしているのを止めても無駄だし、霊障を受けてはたまらない。

とはいえ、万が一生身の人間だったら、見て見ぬふりはできない。何とか自殺を思いとどまらせなくては。

男はロープを手で持ったまま動かない。止めに行くべきか、立ち去るべきか。

男がいよいよ首にロープをかけようとした瞬間、亮太さんは「あっ……」と声を上げた。男が青白く光っていることに気付いたのだ。

通常、車道から見上げて、真っ暗な廃墟ホテルの二階に人がいることなど分からない。なのに、男の姿が見えたのは、男の身体自体が発光していたからだ。

亮太さんは、「あれは霊だ！」と心の中で叫んだ。そして、自動車を急発進させた。心臓の動悸《どうき》がしばらく収まらなかった。

とはいうものの、その夜、床に就いてから、もしも霊ではなく人だったらという考えが浮かび、頭から離れなくなった。亮太さんは一睡もできなかったそうだ。

早朝、霊かどうか確かめたいという思いに駆られた亮太さんは廃墟ホテルに向かった。

そして、車中からおそるおそる二階の窓を見上げた。窓際には中年男の遺体がぶら下がっているかもしれない。だが、そこには何もなかった。

やはりあれは霊だったかと、亮太さんは安心した。霊を目撃したのに安心するというのもおかしな話なのだが……。

その後、亮太さんは廃墟ホテル内で二度と中年男の霊を見ることはなかったという。

この体験の後、亮太さんは緊急事態に遭遇した場合に備えて、救急救命の講習を受けたそうだ。なんとも真面目で責任感の強い人である。

そして、万が一、救助しようとした相手が霊だった場合には、除霊の方法を身につけていれば安心だと思うので、そういう講習を知らないかと私に尋ねてきた。

残念ながら、私には心当たりはない。力になれず、申し訳ない。

二十四　腕

シラヌタの池　東伊豆町

「パパ、モリアオガエルを観に行きたい」

東京に住む啓一さんは、妻の優子さんと小学一年生の息子の翔くんとの三人家族。次の休みの日に家族でどこに行こうか、相談していた。

翔くんが興味を持っているモリアオガエルは、緑色のアマガエルに似た日本の固有種。現在、モリアオガエルが生息可能な森林や沼が減っているため、その数も少なくなってきているという。

どこに行けば観ることができるのか、啓一さんが調べてみると、静岡県東伊豆町の「シラヌタの池」に生息していることが分かった。

実は、啓一さん一家は無類の生き物好き。休みの日となると、東京近郊の山や川に出掛けて、生き物を観察したり、採取したりしている。持ち帰ったメダカやトカゲなどは、一生懸命世話をするので、全て長生きしているそうだ。

翔くんも放課後はスイミングスクールや書道、英語教室と忙しいのだが、その合間に生き物の世話をするのをとても楽しみにしていると、啓一さんは語る。

シラヌタの池へ出掛けた時期は、ちょうど梅雨。空は曇っていて、今にも雨が降り出しそうな天気だった。

しかし、梅雨こそ絶好のチャンス。というのも、モリアオガエルが木の枝に卵を産む時期だからだ。

卵は白い泡に包まれている。緑の中にある白い泡は目につきやすいので、近くにいるモリアオガエルも探しやすいのだ。

啓一さんはシラヌタの池に向かう途中、優子さんと翔くんに、インターネットで知った二つの話をすることにした。

一つはシラヌタの池とその周辺の生物が、静岡県の天然記念物になっていること。だから、モリアオガエルはもちろん、イモリなども採ってはいけない。啓一さんは「じっくり観察して、たくさん写真を撮ろう」と翔くんに言い聞かせた。

そしてもう一つは、恐ろしい都市伝説。真偽の程は定かではないのだが、第二次世界大戦中、日本兵が米軍の捕虜を殺害して、シラヌタの池に投げ捨てたらしい。その恨みから、日本兵は捕虜の霊によって池に引きずり込まれ、溺死。以後、池の平和を乱す者は、池から伸びる無数の腕に引きずり込まれるというものだ。

それを聞いて優子さんは、「気味が悪いから、池から離れて写真でも撮りましょ」と言ったが、翔くんはきょとんとして「米軍ってアメリカの人のこと?」と聞いたそうだ。

シラヌタの池まで行くには、まずは伊豆半島の東海岸を走る国道135号を、伊豆急片瀬白田駅付近で山側へ曲がる。次に細い山道を登って、池の案内看板まで向かう。そこからは自動車から降り、雑木林の中を徒歩で約五百十メートル歩く。

雨の多い時期だから足元が悪い。滑らないように気をつけ、吊り橋を渡れば到着する。

初めてシラヌタの池を目にした三人は思わず息を呑んだ。池の周りに茂る新緑が、小雨に濡れて非常に美しい。それが余計に、池を神秘的な雰囲気に見せていた。

三人は木の枝にあるモリアオガエルの卵を探し当てた。緑に目が慣れてくると、可愛いモリアオガエルの姿を次々と発見することができた。

啓一さんと優子さんは盛んにシャッターを切り、翔くんも大興奮。時折、ゴロロロという、モリアオガエルの合唱が聞こえてきた。

しばらくして、優子さんは「来た道沿いで写真を撮ってくるわ」と言って、池から離れた。

翔くんは池のほとりにしゃがみ込んで、池の中を見ていた。啓一さんは、イモリを観ているのだなと思って、「滑って池に落ちないように」と注意して、翔くんを見守りながら写真を撮ったり、モリアオガエルの声を録音したりしていたそうだ。

その時、実は、翔くんは持っていた空のペットボトルを浅瀬に沈め、小さなイモリを採ろうとしていた。採ってはいけないと分かっていても、翔くんはどうしてもイモリが欲しくて、啓一さんに見つからない場所へと少しずつ移動していたのだ。

辺りが急に暗さを増し、モリアオガエルの大合唱が始まった。啓一さんは、雨が強くなりそうだから、そろそろ戻ろうと翔くんに声をかけようとした。

すると、さっきまでいた場所に翔くんの姿がない。啓一さんは大きな声で翔くんを呼んだ。すると、モリアオガエルの大合唱がぴたりと止まった。

次の瞬間、池のほとりの木の影から翔くんの叫び声が聞こえた。啓一さんが慌てて駆けつけると、翔くんがうつ伏せに倒れている。見ると、翔くんの両足首を大きな手がガッチリとつかんでいたのだ。

啓一さんは不気味な腕を思い切り足で踏みつけた。そのおかげで、手は翔くんから離れたが、反動で啓一さんは尻餅をついて転んでしまった。

すると今度は啓一さんの足首めがけて腕が襲ってきた。腕は二本ではなかった。池の中から次々と腕が伸びてきて、啓一さんの身に迫ってきたのだ。

啓一さんは膝下をいくつもの手につかまれた。そして、池の方へと徐々に引きずられていった。

啓一さんは翔くんに「逃げろ！」と叫んだ。

翔くんは、数歩池から離れて立ち止まり、無数の腕に向かって「パパを放せ！」と泣きながら叫んだ。

しかし、啓一さんをつかむ手はますます増えていった。


翔くんは突然泣き止んだ。何かに気付いたのだ。

池に引きずり込もうとするのは、殺されてしまったアメリカ兵の腕ではないかと。翔くんは声を振り絞って叫んだ。

「も、もうしません。ソーリー！」

そして、イモリの入ったペットボトルを投げ捨てた。


すると、腕は一瞬動きを止めると、ゆっくりと池の中へ戻り始めた。

そこへ、翔くんの叫び声を聞きつけた優子さんが血相を変えて駆けつけてきた。

尻餅をついていた啓一さんは必死に立ち上がろうとするが、足首に巻きついた二本の腕だけはまだ離れようとしない。

優子さんが震える翔くんを抱いて、啓一さんの側へ来た。そして、何があったのかと聞いた。

啓一さんは、「腕が、腕が……」と言って、脚をバタバタさせながら自分の足首を見た。

そこには何本もの絡み合うように重なった枯木があるだけだった。

二十五　正体

御前崎海岸　御前崎市

デートには、よく心霊スポットへ行くというユウキさんとアイさんカップル。夢は「霊の姿を撮影してインターネットで公開して、有名になること」だ。しかし、撮影に成功するどころか、霊に出会ったことすらないという。

ところがある夏の夜のこと、二人にチャンスが訪れた。

静岡県の最南端に位置する「御前崎海岸」は、岬とその周辺一帯が県立自然公園に指定されている。岬上には白亜の御前崎灯台があり、崖下には駿河湾と遠州灘からなる海岸線に「サンロード」という通称を持つ県道357号が通っている。

サンロードには所々に駐車場が設置されていて、ユウキさんはその一つに車を停めた。

昼間なら大海原が一望できるのだが、時刻は午後十時過ぎだ。波の音が聞こえるだけで、駐車場には二人の他に人っ子一人いなかった。

御前崎海岸には「誰もいないのに、女性の話し声が聞こえる」とか「恨めしげな女性が車の脇に立つ」という噂がある。それは、心中を図ったカップルの男性だけが死にきれずに助かり、亡くなった女性は成仏できずに海岸をさまよっているためだという。

ユウキさんは、その女性の霊を撮影しようと意気込んでいた。だが、アイさんは「今夜もここで待っているしかないんだよね」と退屈そう。

いつも心霊スポットに出かけると、車中で一晩過ごしたり、テレビのリポーターを真似て、現場の様子を動画で撮影したりして、霊が出てくるのを待つ二人。

恋人同士なら何をしていても楽しいものだが、そろそろ何か起こってほしいとユウキさんは思っていた。そうでないと、退屈したアイさんに愛想をつかされそうだったからだ。

しばらくすると、アイさんが「トイレに行ってくる」と車を降りた。ユウキさんは「暗いから一緒に行こう」と言おうとしたのだが、アイさんは一人でさっさと行ってしまった。

ユウキさんはアイさんの機嫌が悪いのかなと心配になった。

車の中に一人残ったユウキさん。今日も何も起こりそうにないなと思った。だんだんとユウキさんも退屈してきた。音楽でも聴くかと思ったが、それでは霊の話し声が聞けないと思い直した。その瞬間だった。

小さく何かが聞こえたのだ。

ユウキさんが、「あれっ？」と思うと音は止まった。耳を澄ましても、波の音が聞こえるだけだ。

しかし、少しするとまた……。何かが聞こえてくる。

ユウキさんは身構えて、全神経を耳に集中させた。

次はハッキリと女性の声だと分かった。だが、何を言っているのかは分からない。いや、話し声ではなく、泣き声だと思った。

ユウキさんは車の窓を開け、懐中電灯の光で辺りを照らした。

しかし、人影はない。なのに、すすり泣く声は大きくなったり、小さくなったりする。

ユウキさんは、「間違いない……出たんだ」と思った。自分の心音が聞こえそうなほど鼓動が早くなった。このまま車にいるか、外へ出た方が良いのか分からず、そわそわと腰を浮かしたり、座り直したりしていた。

すると、いきなり大音量で女性の悲鳴が響いた。

ユウキさんはとっさに、（アイが危ない！）と車を飛び出した。

アイさんを探して、辺りを見回す。

その時、ユウキさんは車の後ろのドアの脇に人影を見つけた。

それは女性で浴衣のようなものを着ていた。そして、長い黒髪を垂らし、両頬、両目を隠していた。

ユウキさんは目を見開いて、その女性を凝視した。

声を上げようとするのだが、喉元で空気が出入りする音がするだけだ。けど、目は女性から離すことができない。

女性が少しだけ頭を振るような動きをした。

すると、長く垂らした髪の隙間から、女性の目が見えた。その目は銀色に輝いていた。

ユウキさんの口から「うわぁっ！」という叫び声が飛び出した。

それが合図になったかのように、ユウキさんは全速力で走り出した。

十メートルほど走っただろうか。ユウキさんはアイさんのことを思い出した。一人で逃げるわけにはいかない。

ユウキさんは女性がどこにいるのか確かめようとして、振り向いた。しかし、無理な体勢だったせいで脚がもつれて、転倒してしまった。ザザッという地面にこすれる音と共に腕に痛みが走る。

すると、ユウキさん目がけて女性が全速力で走って来た。

ユウキさんは叫び声を上げて、なんとか立ち上がろうとするが、どうしても腰が上がらない。

もう逃げられないと思ったユウキさんは、せめて恐ろしいものを見たくないというように、ケガをしていない方の腕で、目の辺りを覆った。

すると女性が「ユウキ！　大丈夫っ？」と跪いてユウキさんの体にしがみついた。

ユウキさんは浴衣姿の女性がアイさんだと分かると、すっと力が抜けて、その場に仰向けに寝転んだ。

実は、いつも何も起こらないことに退屈したアイさんが、噂の霊に成りすまして、ユウキさんにドッキリを仕掛けたのだった。

アイさんは、あらかじめ自分の声を録音したレコーダーを車の中に仕込んだ。そして、トイレで古い浴衣に着替え、顔色が悪く見えるメイクをしたのだと説明し、ケガをしてしまったユウキさんに何度も詫びた。

ユウキさんはそれを聞いて、銀色のカラーコンタクトまで用意して、女性の霊に化けたアイさんにすっかり感心したという。

二人は大笑いした。霊の姿を撮影しようと意気込んでいたはずなのに、いざとなると結局逃げだしたユウキさん。その恥ずかしさを笑いで誤魔化したい気持ちもあった。

その後、霊になりきったアイさんと記念撮影をして帰ることにした。

どうせ撮るなら、駐車場よりも海をバックにしたいと、海に近づけるところまで行って、ユウキさんがスマホのシャッターを押した。

すぐに写り具合を確かめようと画像を見た二人は一瞬息を呑んだ。そして、大声を上げた。

画像には暗い海の上に、何体もの人のようなものが写っていたのだ。
ユウキさんは、驚きと画像から遠ざかりたい衝動で、スマホから手を放してしまった。
ユウキさんのスマホは、ぽちゃんと音を立てて海の底へ沈んでいった。
二人は車に駆け戻って、すぐにサンロードを東に向かって走り去った。

海の難所・御前崎沖では、昔から海難事故が絶えなかった。江戸時代には、今の灯台と同じ場所に油の火を灯りとした「見尾火《みおび》灯明台」を立てて、灯台の役目を担った。しかし、度々船が難破して亡くなる人があり、身元が分からぬ無縁仏を祀った墓が、崖下に並んでいたそうだ。

二十六　片思い　白糸の滝　富士宮市

一昨年（二〇一六年）の春、大学を卒業し、都内で一人暮らしをスタートさせた由希さん。友達から合コンに誘われても「今は仕事を覚えるのに精一杯だから」と断ってばかり。女友達からは「美人なのに、もったいいない」と言われていた。

そんな由希さんの趣味はネットサーフィン。仕事の合間に友達のブログや趣味の映画サイトを見て回って、楽しんでいる。

その中には、こっそり盗み読んでいる高校時代の同級生・亜矢さんのSNSのアカウントもある。今朝、目にした亜矢さんのアカウントには「次の日曜、婚約者である彼氏の実家がある富士宮市に行ってきます！　彼氏の両親に挨拶を済ませたら、二人で白糸の滝に寄ります」という書き込みがあり、由希さんの心がざわついた。


由希さんと亜矢さんは高校時代からの親友だった。

だが、大学三年生の時、亜矢さんに彼氏ができてから二人の仲がおかしくなった。

由希さんが亜矢さんの彼氏を誘惑したのだ。もともと不誠実な男だったのだろう、彼氏は由希さんの誘いに乗った。

結果、亜矢さんは彼氏と別れることになった。亜矢さんが別れると、由希さんも急速に亜矢さんの彼氏に対する興味を失った。

この件以降、二人の仲はぎくしゃくし、音信不通になった。


後日、亜矢さんのアカウントには、白糸の滝をバックにした亜矢さんと彼氏とのツーショット画像がアップされた。しかし、そこには亜矢さんと彼氏の間に割り込むように、一人の女性が写り込んでいた。

その女性は顔の表情こそ悲しげだと分かるが、首から下は薄く消えかかっている。由希さんは顔をしかめた。もしかしたら心霊画像かもしれないと思ったからだ。

気味が悪いと思いながらも、亜矢さんのことが気がかりでもう一度画像を見た。由希さんはその女性をじっくりと見て「私に似ている」と思ったという。由希さんは怖くなって、パソコンの画面を閉じてしまった。

数時間後、由希さんは再度、亜矢さんのアカウントにアクセスした。もう一度、画像を見たいという思いに駆られたからだ。

しかし、「何かおかしなものが写り込んでいる」と誰かに指摘されたのだろうか、問題の画像は削除されていた。

白糸の滝の画像に写り込んでいた女性は誰なのか。霊的なものなのだろうか。由希さんはその正体を確かめたいと思い、「白糸の滝」に出かけることにした。

白糸の滝は、国の名勝及び天然記念物に指定されている。大小数百もの滝が幅百五十メートルの絶壁から流れ落ちる様子は、まるで巨大な水のカーテンのようだ。

そんな美しい滝を見ながら、由希さんはここへ来たことがあると感じた。デジャブだろうか？　いや、夢で同じような滝を見たことがあるのだ。

滝に近づくと風が吹き、顔に水しぶきがかかった。この感覚は初めてではない。やはり実際に来たことがある。

画像に写っていたのは自分で、あの日ここへ来たのだろうか？　自分では気付かぬうちに……。いや、まさかそんな……。

由希さんは、先週の日曜、亜矢さんと彼氏が白糸の滝に出かけた日のことを振り返ってみた。

あの日、由希さんは何も手につかず一日中

ぼんやりとしていた。時にはうとうとして亜矢さんと過ごした学生時代の夢を見たりしていた。

人は眠ったり、意識がはっきりしていない時に、魂が体から離れるという。もしや魂だけが亜矢さんを求めて、この白糸の滝へ……。

由希さんは、亜矢さんへの執着が強すぎて生霊と化し、白糸の滝で待ち伏せしていたのではないかと思い、恐ろしくなった。

「ママ、虹だ。きれいだね」

その時、小さな女の子の声が聞こえてきた。ママと呼ばれた女性は、どことなく亜矢さんに似ていた。

見ると、滝にはいくつもの虹がかかっていた。その様は神秘的であった。

由希さんは「虹はLGBTのシンボル」と言われていることを思い出した。

「LGBT」とは、レズビアン、ゲイ、バイセクシュアル、トランスジェンダー（体と心の性が不一致である人）の頭文字をとった総称である。

彼らはセクシャル・マイノリティ（性的少数者）であるため、社会から差別されることが多々ある。そのため、彼らの大半は普段自らのセクシャリティ（性的指向）をひた隠しにしているという。しかし、彼らも堂々と生きたいと願っている。

虹には性の多様性が認められる社会を作りたい。そんな思いが込められているのだ。


由希さんもレズビアンだった。そして、高校時代から亜矢さんを愛していた。しかし、その気持ちは隠して、親友として付き合ってきた。

「亜矢の彼氏よりも私の方が亜矢を愛している」

そんな思いから、大学時代、亜矢さんの彼氏に手を出し、二人を別れさせようとしたのだった。

しかし、結局は亜矢さんの友情を失ってしまうことになった。そして、今ではそのことをとても後悔していた。


由希さんは、小さな女の子とそのママを見ながら、「亜矢は新しい家族を持とうとしている。私が生霊になるほどの強い思いを持ち続けていては、また亜矢の幸せを壊すことになってしまう」と思った。

虹はＬＧＢＴのシンボルであると同時に、「天からの贈り物で、虹を見ると幸せになれる」ともいわれている。

由希さんは虹を見ながら「亜矢、幸せになってね」とつぶやいた。

二十七　供養

安倍川　静岡市葵区および駿河区

ある日の朝、ユカさんは起きるとひどく肩が凝っているのを感じた。今まで肩凝りになったことなどなかったのに……。

日が経つにつれ、食事も満足に摂れなくなってしまった。無理に食べようとしても、吐いてしまうのだ。これは悪い病気かと思い、病院で検査を受けたが、何の異常もなかった。

さらに、カラスから攻撃されるようになった。カラスがユカさんの背後から近づいて、頭や肩の辺りを蹴って去っていくのだ。そんなことが何度か続いた。

体調不良で熟睡できなくなった、ある夜のことだった。

ユカさんは物音で目が覚めた。ベッドのヘッドボード辺りに何かがいる気配がしたのだ。

ユカさんはすぐさま電気をつけた。すると、体長五十センチぐらいのやせこけたトンビがいた。

ユカさんとトンビの目が合った。すると、トンビはバサバサと飛び上がるとユカさんに向かって突進してきた。慌ててユカさんは逃げた。だが、トンビはユカさんの右肩に乗ってきた。ユカさんは手でトンビを肩から追い払おうとした。

その瞬間、トンビの姿は消えてしまった。しかし、右肩の上に乗ったトンビのずっしりとした重みだけは残ったままだ。

肩凝りの原因はトンビなのかもしれないと、ユカさんは思った。実は、ユカさんには心当たりがあったのだ。

それはユカさんの体調が悪くなる少し前、彼氏と安倍川の上流へドライブに出かけた時のことだった。

「安倍川」は静岡市葵区および駿河区を流れる美しい川だ。そこでゆっくりお弁当を楽しむのが目的のドライブだった。

休憩場所を探して、県道29号線を安倍川沿いにゆっくり遡《さかのぼ》っていると、路上に一羽のトンビが倒れているのが目に入った。トンビは車道の真ん中で倒れているため、このまま自動車で進めば轢《ひ》いてしまう。

二人は降りて、トンビに近寄ってみた。トンビはやせ細っていて、今にも死にそうに見える。餌が捕れないのだろうか。それとも病気で食べられず弱っているのだろうか。

ユカさんが「お弁当の唐揚げでもあげてみようか」と提案すると、彼氏は「どんな病気を持っているか分からないから触ったらダメだ。それに野生の鳥は自己治癒力があるから大丈夫だよ」と反対し、動かないトンビを足で少しずつ押しながら、道路の脇へ移動させた。

再び二人は車に乗り込んだ。彼氏が自動車のアクセルを踏んだ。

助手席のユカさんからは、倒れていたトンビがよたよたと車道の中央に向かっているのが見えた。しかし、彼氏には見えないようで、そのままトンビを轢き殺してしまったのだ。一瞬の出来事だった。

後ろを振り返ると、リアウィンドウ越しに動かなくなったトンビと、体から抜けて舞い上がった羽毛が見えた。
気付いた時にすぐさま彼氏に一声かければ良かったと、ユカさんは後悔した。彼氏は「運命だったんだよ」と言って、トンビをそのままにして走り去った。

ユカさんは、あの時のトンビが自分に憑いているのだと考えた。そして、部屋の中でトンビを見たことを彼氏に話し、もう一度安倍川へ行ってみることにした。

次の日曜日、二人は安倍川に向かった。そして、トンビに出会ったのはたぶんこの辺りだろうと思うところに車を停め、近くの河原へ降りて昼食を摂ることにした。
お弁当を広げるが、ユカさんはやはり食欲がない。ユカさんは彼氏にお弁当を勧めて、自分は安倍川をぼんやりと眺めていた。

しばらくすると、鳥の羽ばたく音がした。
突然、ユカさんの肩が軽くなった。と同時に、目の前に一羽のやせたトンビが現れ、彼氏が食べようとしていた唐揚げをかすめ取って、上空へと逃げていった。

あの時のトンビに違いない。

そう思ったユカさんはお弁当箱から唐揚げを取り出した。そして、空に向かって唐揚げを持った手を大きく上げた。すると、再びトンビが舞い降りて、すばやく唐揚げをつかみ、また上空へと去っていった。


彼氏もユカさんの真似をして、唐揚げを持った手を上げた。そして「許してくれ」とトンビに呼びかけた。

すると、トンビは彼氏の呼びかけに応じるかのように、その唐揚げを上手に足でキャッチした。

ユカさんは一つ唐揚げを取っていくごとに、トンビの姿がだんだん薄くなっていくように感じた。


とうとうお弁当箱に残った唐揚げが最後の一つになった。ユカさんは空に向かって唐揚げを持った手を上げた。

すると、トンビの姿は見えないのに、唐揚げがすっと消えた。
そして、ピーヒョロロロ……、と高らかに鳴く声だけが聞こえてきたそうだ。
以来、ユカさんが肩凝りに悩むこともなくなったという。

二十八　兆候

国道１３５号　伊東市

伊東市で働く亜季さんは毎日の自動車通勤で、伊豆半島の東海岸を走る国道１３５号を使用していた。いつもの慣れた道だった。

亜季さんが運転していると、フロントガラスが曇ってきた。亜季さんが曇り止めで拭こうと思った、ちょうどその時、自動車の前を何かが横切った。亜季さんは急ブレーキを踏んだが、確実に轢いてしまったと慌てた。

亜季さんはすぐさま車を降りた。しかし、車道には何もなかった。

何かが横切ってから車が停まるまでの距離を考えて、丁寧に周辺を見て歩いた。しかし、落下物などないし、動物もいない。もちろん、人も。後続の車は何事もなく亜季さんの車を追い越していき、対向車線も順調に流れていく。

亜季さんは何かが横切ったように見えたのは、気のせいだったのかもしれないと考えた。そして、車を停めたついでに、フロントガラスとリアウィンドウを曇り止めで拭いて、再び車を走らせた。

走り出して百メートルぐらい進んだ時だった。ドンドンドンドンドンと誰かがリアウィンドウを叩く音がした。

亜季さんはハッとしてバックミラーを見た。すると、音がやんだ。

後ろから何かが飛んできて当たったのかと思ったが、後続車も追い越していった車もない。歩行者も見えない。

では、上から何かが降ってきたのだろうかと考え、もう一度車を停めてみることにした。

亜季さんは、車を降りて後ろへ回ってみた。何も落ちていなかった。

しかし、リアウィンドウを見ると、大小さまざまな手形がついていた。曇り止めで拭いた時には、手形などついていなかったはずなのに……。

亜季さんは声もなく車の後ろに立ちつくした。

走っている車の真後ろから、手でリアウィンドウを叩くことができる人などいるだろうか。しかも一人とは思えない数だ。

「人ではないのかも……」

亜季さんは、停車している辺りが交通事故多発地帯であることを思い出した。多くの人が亡くなっている場所なのだろう。もしや事故死した人の霊だったのかと考えた。

しかし、亜季さんは何年もこの道を走っていたのに、今まで霊現象に遭遇したことなど一度もない。


その翌日、亜季さんは熱っぽくて体の具合が悪かったので、病院に行った。すると、医師から妊娠六週目であることを告げられたという。

女性が生命を宿しているときは、霊感が強くなるそうだ。

そのため、亜季さんは交通事故で亡くなった人の霊を感じてしまったのだろうか。

二十九　訪問者　沼津市

千葉県から静岡県の沼津市に転勤となった会社員の英夫さん。日頃の運動不足を解消しようとジョギングを始めた。

ある朝、英夫さんが自宅近くを走っていたら、きれいな緑色の塊を見つけた。拾ってみると、ただの石であることが分かった。しかし、英夫さんは妙にその石に惹きつけられ、家に持ち帰ることにした。

その夜のことだった。

英夫さんがそろそろ寝ようと思っていると、マンションの外廊下を歩く音が聞こえてきた。その足音は一部屋ごとに立ち止まりながら前に進んでいるようだった。

そして、一番奥の英夫さんの部屋まで来ると、ドアノブをガチャガチャと回し始めた。

英夫さんは酔った他の部屋の住人が部屋を間違えているのではないかと思ったそうだ。


だが、同じことが三日も続くと、さすがに英夫さんもおかしいと感じた。そして、玄関のドアスコープから覗いて、足音の主の正体を見たいと思うようになった。しかし、ドアノブをガチャガチャと鳴らす音が聞こえるやいなやドアスコープを覗いても誰もいない。

相手の逃げ足が早いのか。


そこで、英夫さんはあらかじめ玄関前で待ち構えていることにした。しかし、その日に限って、足音の主はなかなか現れなかった。

英夫さんが諦めて、そろそろ寝ようと思ったちょうどその時、外廊下を歩く音が聞こえてきた。

足音が隣の部屋まで来ると、英夫さんはドアスコープから外を見た。まだ足音の主の姿は見えない。

いよいよ英夫さんとドア一枚隔《へだ》てたところで、足音が止まった。やっと相手の正体が分かる。英夫さんの動悸が高まった。

しかし、相変わらずドアスコープからは、廊下の向こう側の風景が見えるだけだ。

ところが、ドアノブはガチャガチャと鳴る。

英夫さんは驚いて後ろへ飛び退いて、ドアノブを凝視した。ドアノブは右へ左へ小刻みに動いている。

一瞬躊躇《ちゅうちょ》したものの、怖いもの見たさもあって、相手の姿を直接見てやろうと、ドアノブに手をかけた。

その時、ドアノブがバシッと音を立てて、強い静電気を発した。英夫さんは手の痛みに声を上げて、また後ろへ飛び退いた。結局、相手の正体を確かめることはできなかった。

事故物件かもしれないと思った英夫さんは、管理会社に問い合わせた。しかし、管理会社は過去、英夫さんのいるマンションで事件が起こったことは一度もないと断言する。ならば、あれはいったい何だったのだろうか？

英夫さんはマンションが建つ前に何かあったのかもしれないと思い、その土地のことを調べてみることにした。すると、近くに六世紀末から七世紀にかけて造られた古墳があることが分かった。古墳は昔のお墓である。もしかして、古墳が何か関係しているのだろうか。

英夫さんは古墳に出かけてみることにした。古墳はジョギングコースの公園の一角にあった。いつも通っていたのだが、英夫さんは気付かずにいた。

そういえば、緑色の石を拾ったのは、この古墳の前だった。英夫さんは亡くなった祖母が「お墓から物を持ち帰ると、よくないことが起こる」と話していたことを思い出した。

今回の怪現象と何か関係があるのかもしれないと思い、英夫さんはその石を元あった場所に戻した。

すると、その夜からドアノブがガチャガチャ鳴ることはピタッと止まったという。

三十　深海魚　沼津市

「深海魚の報《むく》いで、霊が出るんです」

怪談蒐集家《しゅうしゅうか》の寺井広樹氏の元には、見知らぬ人から霊体験を綴《つづ》ったメールが届くことがある。

沼津市に住む四十代の女性・美枝子さんから届いたメールもその一つだった。

女性同士の方が話もしやすいだろうということで、寺井氏の代わりに私が美枝子さんを訪ね、話を聞くことにした。

美枝子さんにお会いすると「取り乱して、変なメールを送ってすみません」と最初に謝られた。

美枝子さんは、自分の身に起きた不可解な出来事を、誰かに聞いてもらいたいと思っていた。だが、霊に関する内容というだけで、中には拒絶反応を起こす人もいる。打ち明けることで、おかしな人だと嫌われてしまうかもしれない。そんな思いから、つい寺井氏にメールを送ってしまったのだという。

私が美枝子さんから直接聞いた話はこうだ。

ある夜、美枝子さんは胸元が重苦しくなり目が覚めた。寝返りを打とうとしたが体が動かない。胸の上に何かが乗っているようだ。目を開いて確かめようとするが、まぶたが重い。やっとまぶたを少し開くと、胸の上には人がいた。

長い髪、ぎょろっとした瞳、二つの穴だけが目立つ低い鼻、突出した顎と薄い唇。

彼女は美枝子さんの体の上で黙って動かず、じっと美枝子さんの目をみつめていた。美枝子さんも恐怖のあまり声を上げることもできず、ただ見返すしかなかった。

そして突然、女は姿を消し、美枝子さんもまた眠りに落ちた。

同じことが何度か起きた。美枝子さんには、その正体に心当たりがあった。

実は、美枝子さんは中学生の時、ある一人の同級生をいじめていた。突出した顎と薄い唇が図鑑で見た深海魚に似ている、と。そして、「深海魚」というあだ名を付け、馬鹿にしていた。

毎晩現れる女性は、その同級生に似ていたという。

美枝子さんは同級生のことが気になって、消息を尋ねた。すると、三十代の若さで、亡くなっていることが分かった。癌《がん》だった。

それを聞いた美枝子さんは、夜中に胸を押さえつけていたのは、同級生の霊ではないかと思ったそうだ。

しかし、随分前に亡くなった人の霊が、なぜ突然美枝子さんの元へ現れたのか。私は不思議に思い、最近何か変わったことがあったのではないか、聞いてみた。

すると、同級生の霊が現れたのと同じ頃、こんなことがあったそうだ。

美枝子さんには中学生になる娘さんがいる。その娘さんが、学校へ行きたくないと言い出した。訳を聞くと、学校で嫌なあだ名を付けられて、笑い物にされるのがつらいと泣いたそうだ。

美枝子さんは、娘さんの問題にどう対処すべきか悩むと同時に、思春期の女の子を、顔のことでからかうのがどんなに残酷かよく分かったそうだ。

美枝子さんは、過去の罪悪感が同級生の霊を呼び寄せたのかもしれないと言った。あるいは、自責の念が作り出した幻だったのだろうかとも。そして、悔悟《かいご》の涙を流した。

取材後、私は沼津港へ寄ってみることにした。せっかく沼津まで来たのだから、新鮮な魚介類を食べたいと思ったからだ。

湾としては日本一の深さを誇る駿河湾に面した沼津港。深海の恵みも豊富で、中には深海魚を提供する飲食店もあった。

私はそのうちのひとつ、深海魚をネタにした寿司を提供する店に入った。

深海魚と言えば、体が透明だったり、長く鋭い牙を持っていたり、ヒレが奇妙な形をしていたり、私たちが普段、目にする魚とは異なる姿をしている。しかし、さっぱりとした中にも甘みが感じられるもの、ねっとりと口の中でとろけるものなど、どれもが美味しくて味わい深かった。

ふと美枝子さんの同級生のことを思った。

外見をいじめの材料にされて、さぞ苦しかったことだろう。しかし、つらい目にあった人ほど相手の気持ちを思いやることができる、味わい深い人になれるという。おそらく彼女は心優しい人だったのではないだろうか。

私は寿司屋のカウンターの下で、そっと手を合わせて、彼女の冥福を祈った。

あとがき

静岡県の熱海までは、東京から新幹線で一時間弱と近い。

そのため、仕事で疲れた心身をリフレッシュしに熱海の旅館を訪れることがある。

温泉に浸かったり、新鮮な魚介類に舌鼓を打ったりしていると、また頑張ろうというパワーが湧いてくる。

しかし、三年前の冬はリフレッシュどころか、かえって疲れてしまう事件があった。

二泊三日で疲れを癒した最後の夜、私はいつものように床に就いた。

しかし、私は次第に息苦しくなり、目が覚めた。ふっと視線を横に向けると、見知らぬ男が私を見下ろしていたのだ。

しかし、男は上半身のみで、胴から下がない。これは部屋に忍び込んだ不審者ではなく霊だと即座に分かった。

恐ろしいが目をそらすことができない。随分長い間、男と目を合わせていたように思う。

いや、実際には数秒のことだったかもしれない。

声も出ず、起き上がることもできないでいるうちに、男の霊はすっと消え、同時に私も深い眠りに落ちた。

だが翌朝になってみると、どうもその男の顔が思い出せないのだ。

よく使っている旅館にも関わらず、後にも先にもこれが一度きりのことである。

熱海を始め、静岡は全国的にもよく知られた観光スポットを数多く有する県だ。

今回、この本では名所を踏まえながら、たくさんの方たちの霊体験を紹介した。静岡を旅するような気持ちで楽しんでいただけたのではないだろうか。

しかし、実際に訪れる時は、くれぐれも霊に遭遇することがないようにご注意あれ。

最後に、今回、取材に協力していただいた皆様、静岡まで何度も車の手配をして下さった明弘さん、橋渡しをして下さった、しのはら史絵さんにこの場をお借りして厚くお礼を申し上げます。

寺井広樹

この書籍内で使用される人物名は全て仮名です。

静岡の怖い話

2018年5月1日　第1刷発行

著　者　寺井広樹・とよしま亜紀

協　力　佐宗政美

写　真　寺井広樹／とよしま亜紀／佐宗政美

発行者　本田武市

発行所　TOブックス
〒150-0045 東京都渋谷区神泉町18- 8
松濤ハイツ2F
電話 03-6452-5766（編集）　0120-933-772（営業フリーダイヤル）
FAX 03-6452-5680
ホームページ　http://www.tobooks.jp
メール　info@tobooks.jp

印刷・製本　中央精版印刷株式会社

　ISBN978-4-86472-675-7　Printed in Japan